U0085373

楓香

三民叢刊71

黃國彬著

三民書局印行

自序

黃國彬

多倫多位於北美洲安大略湖之畔。每年到了九月，白晝就飛快縮短，黑夜急速延長。由於北方沒有屏障，一到冬天，北極的寒風就直掃而來；加上風寒指數，氣溫可以降到零下四十多度。這樣的一個城市，可以凍僵所有現代蘇武和王昭君的心。

一九八六年九月，我離開生活了二十八年的香港，飛越浩淼的太平洋，飛越屈子、東坡、鄭和都沒有夢過的距離，往這個與香港對蹠的城市。在太平洋東岸的三藩市著陸後，當晚在朋友家過夜。夜半醒來，覺得空空虛虛，恍如飛蓬飄蕩於雲間，什麼都抓不住。這種感覺，以前是從來沒有經歷過的。十一歲離開鄉間，來香港當小移民；三十四歲那年，一個人到意大利的翡冷翠獨居；雖然都感到寂寞，卻不像在北美洲著陸的第一夜，覺得憑藉頓失。

當時，我還未滿四十，自以為壯心未老，足以抵擋寂寞和孤獨的煎熬，能夠接受任何新環境的挑戰。可是，那天晚上，那顆自以為在寒冷的泳池、寂寥的跑道、嚴格的武館、雄偉的大海磨練了將近三十載的心，竟在金山灣寧靜的黑暗中怔營畏縮，感到前所未有的虛怯。狂妄自信時，以為意志是一把削鐵如泥的寶劍，是精光四射的三尺寒水，能切開天地的大寂寞；在三藩市的黑夜醒轉，才發覺浪漫少年的幻想，涼風一吹就雲散煙消。那天晚上，大雪中餓著肚子獨登峨眉金頂的勇銳，竟悄悄地離開了我。

到達多倫多後，開始時迷迷惘惘；加上生理節奏因時滯而失衡，更覺遁入日夜顛倒的昏睡才感到安定；一鑽出迷離恍惚之外，就感到怔營不安。幾天後，恢復了因時滯而失去的生理平衡，發覺滿街盡是斑駁的黃褐，楓葉、橡葉已開始飄落；孤獨的鞋子在街上移動，就聽到礫礫裂裂的聲音，彷彿一顆顆蒼老的心，在肅殺的秋氣中紛紛瓦解。

在鄉間十一年，香港二十八年，一直喜歡金艷艷、黃澄澄，從早到晚在山崗、稻田、海灘滂沱不絕的陽光。那日長籬落無人過的永晝，淺水灣、深水灣、中灣、南灣、大浪灣的晌午，一直與我的飛揚歲月不可分割。躺在沙灘上，看見身邊的藍海向遠方靜鋪，頭上鑲著金邊的白雲，飄逸無忌如年輕的心，我的神思就會盪入風中，如白鷗翩翩越鏡而去，撲入無窮的浩瀚。

我的青春歲月是一個「昶」字：昶者，永日也，白天時間長也，舒暢也，暢通也。……

九月的多倫多沒有永日；我的心，蹇産坎廩，愴怳懭悢。一個在金色的永晝生活了三十多年的人，一旦置身於灰蒼蒼的寒穹下，目睹落葉紛飛，冰風挾劈頭蓋臉的大雪從地極橫掃而來，馬上變成亡魂，迷失於玄冥之國，感到生命的渺小和悲涼。一顆曾經意氣風發，在九天挾萬道霞光與千百萬億神祇共遊的心，剎那間開始蒼老。唔，大化自有無窮而又無敵的力量，去摧折凡間最堅強、最桀驁的意志。在大化的洪爐中，是沒有金剛不壞之身的。

不過凡軀雖然渺小脆弱，置身於陌生的環境時，適應力也叫人驚訝。我在多倫多生活了一段時間後，無論在肉體還是精神上，都開始漸漸適應了，就像受了撞擊而昏厥的人漸漸甦醒，復原。首先，我雖然仍不喜歡天空在下午四時多就暗下去，心力薄弱時也懷念鄉間和香港夏天的永晝，但我已不再害怕寒冷的天氣和紛飛的大雪。接著，我的精神也找回了方位，不再像初到安大略湖畔時那麼虛怯。有一次，一位朋友問我喜歡香港還是多倫多，我坦白地告訴他：「兩個地方都喜歡。」朋友要我為兩個城市打分。我說：「香港拿甲，多倫多拿甲減。兩個城市都可以長住。」

「那麼，哪一個城市拿甲加呢？」朋友好奇地追問。

「天堂，」我笑著說。

我和朋友開玩笑時，已經覺得中原不遠，心境已不受地域的阻隔。如果當時我仍有五陵少年的狂妄，我會仿南華真人和謫仙的筆法打一個比喻，說自己是星槎，可以隨時從天津啓航，適然與列仙在銀漢的上下游來回，不再介意二十八宿在哪一個方位出現。不過冥冥中的主宰最不喜歡渺小的凡軀把話說得太滿；這話當時沒有說，現在說說，算是戲言無忌吧。

寒來暑往，物換星移，我投入多倫多的節奏後，開始在極度忙碌的生活中拿起筆來，寫詩，寫散文，寫評論。由一九八六年九月到一九九二年八月，我寫作的產量容或比不上香港的豐收季。可是現在回顧，在多倫多將近六年的時間，詩文和評論的產量還不至於愧對昔日在吐露港畔生活的少年。在安大略湖畔的日子裡，就詩而言，我修改、整理了一些舊作，也添了一些新稿。這些勞動記錄，已收入一九九三年出版的《航向星宿海》、《披髮跣足》、《微茫秒忽》、《臨江仙》幾本詩集。就評論而言，將要出版的《文學札記》中，有多篇文章都在安大略湖畔完成。至於散文，也寫了不少，其中包括收錄在《琥珀光》和尚未結集的長短篇，以及這本散文集的全部作品。在可以枯魄萎心的日子裡，我的筆沒有停頓，也應該感謝加拿大了。

一九九二年七月一日，是加拿大立國一百二十五週年。七月一日之前的幾個月，各電視臺一直播放聯邦政府的宣傳節目。其中最難忘的，是一個合唱片段：熒光屏上，幾個人開始唱加拿大國歌〈加拿大啊〉(O Canada)。加拿大國歌莊嚴悅耳，沒有殺伐之聲，充分體現了一個泱泱大國愛好和平的精神。幾個人唱了三四句後，開始淡出，熒光屏上淡入另外幾張面孔，膚色有黑有黃有白有棕。這些加拿大人接上來，唱了幾句之後又開始淡出，讓另外幾個膚色、年齡、性別互異的加拿大人繼續未完的旋律。接著，更多不同膚色的面孔出現，隱退……歌聲循環往復，從不同種族、不同膚色、不同年齡、不同性別的唇瓣上如雪白的鴿子飄起，迴盪，斜掠，翻飛，上翥，下降後復柔柔攀升，使我深為感動。這，不就是貝多芬譜《快樂頌》時的理想嗎？《第九交響曲》結束時，從不同膚色、不同性別、不同年齡的唇瓣飄升的，不就是這樣和諧的音符和旋律？Freude, schöner Götterfunken, / Tochter aus Elysium, / Wir betreten feuertrunken, / Himmlische, dein Heiligtum! / Deine Zauber binden wieder, / Was die Mode streng geteilt; / Alle Menschen werden Brüder, / Wo dein sanfter Flügel weilt ……旋律如金泉噴薄上湧，升入九天，滿溢成金色的光海，讓金漪化解世間所有的仇恨，滌去蒼生頰上的淚水，浴入他們疲憊而受傷的心，抹去他們心中纍纍的傷痕……

加拿大是一個多種族、多文化的民主國家，容納來自世界不同角落、不同文化的移民。一九八六年九月到一九九二年八月，我能夠找回自己的方位，適應多倫多的環境，繼續讓想像在廣闊的空間自由飛翔，也完全因為我活在一個尊重人權的民主國家裡。

加拿大的一大特色是楓樹，加拿大的國旗以楓葉為標誌；這本散文集的作品，全部在多倫多寫成，名為「楓香」，是要紀念我在多倫多一段值得懷念的日子。

《楓香》的作品分為兩輯。第二輯全是極短的短篇，是我初到多倫多時，應林風雲先生之邀，為《世界日報》多倫多版所寫的「楓葉箋」專欄文章。箋上的墨痕雖薄，卻頗能反映我初到多倫多的心境。

第一輯的作品，包括在港、臺各報章、雜誌上發表的文字。自一九八七年二月開始，在頗長的一段時間裡，曾應林煥彰兄之邀，為北美洲《世界日報》副刊寫「多倫多隨筆」。這些隨筆，大部分已收入本集。其餘的作品，將來和其他散文湊夠一本書的字數後，也會結集出版。

在多倫多所寫的散文，除了在北美洲的《世界日報》副刊上發表外，也經常獲香港《星島日報》的星辰版、臺灣《聯合報》的副刊和繽紛版，以及港、臺的一些雜誌刊載。過去幾年，一直與香港的何錦玲女士、臺灣的瘂弦先生、田新彬小姐、林煥彰兄、馮曼倫小姐、王婷芬小姐保持聯絡，竟沒有身處異域之感；我的中文寫作，也沒有受太大的影響。在此，我要向這幾位編輯朋友致衷心的謝意。

「楓香」一名，取自集裡的一篇同題散文。這篇散文在臺灣《聯合報》的副刊上發表後，收到國立臺灣大學植物學系李學勇教授的來信。李教授告訴我，加拿大的楓樹，實非楓香。現在謹引李敎授有關楓香的一段文字供讀者參考：

年前曾拜讀大作〈楓香〉。文中曾述及在加拿大看到楓葉所發抒之感想，並進而對楓香詳加分析。……有關「楓樹」與「楓香」二詞之真義，早經清代文字大家王筠詳確分析，似不像《辭海》或《辭源》所載。由近代研究，確知「楓香」為華南產物，晉代時不可能種植在華北，直到清末才漸漸傳播到江南。所以古時華北文士所歌頌的「楓葉」，不可能指「楓香」。茲將拙作〈楓樹與楓香辨正〉附上，敬請指正。

李敎授的文章論析深入，而且附有楓香和楓樹的圖片，發表於一九八五年的《中華林學季刊》上。我拜讀後，獲益匪淺，知道楓香的確和加拿大的楓樹有別。

平時，我在寫作之餘，也喜歡看植物學、動物學的書，每以不能多識草木鳥獸魚蟲之名為憾。有時候命筆，想寫某種鳥兒的鳴叫，卻不知其名，又不想敷衍塞責，只說「一隻不知名的鳥兒在鳴叫」，十分不快；寫到樹木花草，也常有相同的苦惱。小時候，我在鄉間生活過十年，認識了不少花草樹木，奈何認識的名稱都是吾鄉新興的方言，有時有音無字，有時即使有字，仍是新興詞語，如果在我的散文裡出現，唸國語的讀者一定大惑不解，結果在鄉間十年學來的武功，一進入國語世界，幾乎要全部作廢。因此收到李教授的來信和論文後，十分高興，而且心中忽生奇想：「要是寫詩、寫散文時有李教授的植物學知識，該多好！」在此，我要感謝李教授來信指正；並且敬告對植物學有興趣的讀者：〈楓香〉一文所引用的植物學資料，已不再可靠；現在收入集裡，只是供讀者參考而已。至於「楓香」的美名，當然也要「物歸原主」，奉還華南那株嘉樹了。

一九九四年四月十二日・香港

目次

第二輯

第一輯

第一講

爆竹聲外

已記不清第一次在海外過年有沒有看見雪了；只記得那時天氣很冷，剛從意大利乘意航飛機橫過大西洋，來到了安大略湖畔的多倫多。

在鄉間，農曆新年來臨時，你會覺得它無處不在。一進了農曆十二月，家家戶戶就開始打掃房子，把家具擡到村邊的池塘去洗濯。大巷小巷，會傳來許多踐碓舂米的聲音。那是糯米，廣東人用來包粽子、炸煎糰。這時候，一些在遠方工作的人就會趕回來和家人團聚。我們做小孩子的，也感到歲暮的氣氛無處不在，並且聽母親的話，到鎮上的理髮店去把小頭顱刮得光光的。因爲那時，我們都相信母親所說：不理髮過年，是要吃生米粽子的。

除夕那天，未到黃昏，家家戶戶就已經貼好了門神、揮春，爆竹開始疏落地響。家裡的竈頭，更早已立著兩根甘蔗。據母親說，竈君到了大除夕就會升天，向玉皇大帝稟告我們家一年來的得失；那兩根甘蔗，是他用來上天的梯子。由於大家都希望竈君在玉皇大帝面前說幾句好話，擺在竈上的甘蔗都特別粗壯。天梯如果太細而突然折斷，摔壞了竈君，可不是鬧著玩的。然而，那時候我覺得門口、門角已貼著「天官賜福」、「門官神位」等紅紙，已有足夠的神祇做靠山，也就不理會竈君對玉皇大帝說的是好話還是壞話了。我眞正想做的，是吃竈君的梯子。

大除夕，是一年之中最難入睡的一夜。上牀後，我就睜著眼等天明去拾爆竹。三更一過，一村仍在黑暗中，我就會聽見某一條巷中響起爆竹聲。這時我會從牀上一骨碌爬起來，臉也不洗，向傳來爆竹聲的地方奔去，撿那些沒響的爆竹。爆竹聲如果在我到達前沉寂了，我就停下來，獵犬般側著耳朵等另一輪爆竹在另一戶人家的門前響起。漸漸，爆竹聲越來越密，家家戶戶都開始迎接新年了；而我也和其他早起的孩子聞聲而動，從村東奔到村西，搶拾每一家燒不響的爆竹。這時，村中的大巷小巷，全是我們奔跑的腳步聲。我們拾到一枚爆竹，就會塞進口袋裡，在以後的幾天拿來燃放取樂。

和爆竹一樣富吸引力的還有紅包、公仔紙、美味可口的賀年食物和各式各樣的玩具。過年，對農村的孩子而言，是天大的事情。

到了香港後，所過的仍是中國人的年。冬至一到，所有的商店就會忙起來。街上的行人，也彷彿走得更快，彷彿都有許多事務趕著辦。這時，售賣年貨的小販越來越多；雜貨店裏面堆滿了紅色和黑色的瓜子，一排排的臘鴨掛在鈎子上，閃著油光。

進大學前，我一直住在父親工作的中藥店。年晚時也會體驗到商人的忙碌，但同時也感到興奮。看見父親的的得得地撥著算盤結帳、付帳，清點著店中的藥材，我就知道，中國人最重要的節日就要來臨。父親和店中的伙計把貨物清點完畢，就會忙著辦年貨，並吩咐伙計大掃除，貼揮春。

除夕那天，藥店在下午三時左右就會結束營業，關起門來給伙計分花紅；廚子則開始做一年之中最重要的一頓晚飯。這時，街上的爆竹聲震耳欲聾，在店內談話，得靠近彼此的耳朵大聲叫喊。吃飯時，擺在眼前的不再是平常的菜，而是雞、鴨、烤肉、鮑魚、魚翅、魚肚、蠔豉、海參、髮菜……這些珍饈佳餚，不但味道好，而且往往有吉祥的名字；既流露了生意人的心聲，也給團年飯增加了傳統的中國色彩。你告訴外國人，蠔豉代表「好市」，髮菜代表「發財」，他們也許會覺得中國人太迷信；然而，迷信得這麼親切，又有何妨？

團年飯後，一連串的節目會使我通宵不眠。逛花市、吃年夜飯、玩紙牌，都可以把睡意趕走。不過最重要的，還是父親給我的壓歲錢。

第二天，當三陽在吉祥語、揮春和爆竹聲中開泰，粉紅的桃花、淡紫的吊鐘、雪白的水仙、紅色和橙黃的橘，就會把新歲迎來。

在庚申年的歲末，我卻置身於一個以萬聖節、聖誕節爲主要節日的城市。這裡的日曆沒有二十四節氣，這裡的月亮沒有嫦娥、吳剛和擣藥的白兎。庚申將盡時，既沒有人爲大掃除忙碌，也沒有花農賣花。如果不是親人提起，我也不會知道，辛酉年就要來臨。

除夕那天，大家照常上班，就像平時的日子一樣。我和親人到唐人街去，想沾沾農曆年的氣息，最後卻失望而返。那天晚上，是我懂得甚麼叫農曆年以來睡得最早的一個除夕。花市、年夜飯、壓歲錢……彷彿變成了前一世的經驗。在多倫多寧靜而遼闊的夜，我躺在牀上，側著耳，讓聽覺穿黑暗而去，希望在某一條窄巷撿一聲爆竹回來。然而，多倫多只有平坦光潔的大街，沒有凹凸不平的小巷，也沒有一聲爆竹通到記憶的起源。我的聽覺，像一枚貝殼沉入了夜海，再被寧靜的浪濤漂回枕邊，甚麼也撈不到。

第二天，全多倫多的人都準時上班。

一九八六年十二月二十九日・多倫多

養書千日，用在一朝

用短視的眼光看，國家在和平時養兵，是不必要的浪費。以小國爲例吧，幾萬名士兵，每個月不知要耗去國庫多少錢財。然而兵仍然要供養的，否則一旦有外敵來犯，國家就要滅亡。由於絕大多數人都明白「養兵千日，用在一朝」的道理，所以儘管有人天眞地主張自由世界單方面解除核武裝，以感化侵略阿富汗的現代帝國，迄今還沒有人愚蠢到要國家解散軍隊。

買書和養兵有點相似。平時，你從書店買回來的書，可能像太平盛世的士兵，不但不能夠爲你效勞，而且還大模大樣地坐在書架上，倨傲非常。有纖塵落在他們身上，你就得小心翼翼地替他們拂拭。相形之下，疼愛明鏡臺的神秀也會變成懶漢。這些冗兵，如果不小心跌了一跤，你還得衝上去把他們扶起，心肝寶貝般檢視，生怕摔壞了他們半點皮肉。

搬家的時候，就更加不得了了。這時，你會極盡阿諛奉承的能事，必恭必敬地把這些高高在上的傲卒請下來，讓他們在一頂頂的方轎裡就座，再由年輕力壯的轎夫簇擁而出。到了新居，你的腰已經酸痛得伸不直了，仍甚麼事都不做，先把這一大批驕兵安頓在尊貴的高位上。如果你是君王，這些書已經反客爲主，成了囂張的藩鎮；不但給你麻煩，而且漸漸向你進逼，幾乎連你的御廚、御榻都要佔據。功高震主，還情有可原；偏偏這些武人受祿以來，一直尸位素餐，一點戰功都未立過。這時，你就恨不得送他們去屯田，趕他們回鄉；或者希望自己是趙匡胤，給他們斟一杯酒，然後把他們的權力全部奪過來。

我不是藏書家，對於書還不至於如此卑躬屈節。多年來，我一直是大權在握的天子，沒有讓他們成爲藩鎮，在我的國土到處割據。由於我沒有受過甚麼氣，所以也沒有想過送他們去屯田。不過搬家多次，都受過他們拖累，有時對他們也的確有點厭惡。

我的厭惡感消失，是在他們立過戰功之後。

事情的始末，得從十多年前說起。一九七一年，大學剛畢業，有人找我譯一篇介紹紡織的英文稿。那時我初出茅廬，天有多高、地有多厚也不知道，沒有看原稿是深是淺，就一口答應了。到動筆翻譯時，才發覺稿中術語極多。譯完一小段，已翻了多本字典。而且所謂「完」，也不是眞正的完，因爲許多術語，在一般的字典裡根本找不到。我正感絕望，上天讓我在圖書館找到一本《英漢紡織染詞滙》。刹那間，我的工作變成了「芝麻開門」。

不久，我在書局和這本字典相逢，於是馬上買了回家，像寶書一般珍藏。

有了這樣難忘的經驗後，我在書局裡一見和翻譯有關的參考書，必定會買下來。積了十多年，這類參考書已堆滿了一整個書架，成了我每次搬家的額外負擔。這些書主要是科技詞典，多年來搬來搬去，卻不曾有機會徵用。

去年，爲了寫一篇講飛機的散文，看了好些參考書；但參考書都用英文寫成，裡面有許多術語，用中文不知道怎麼講。這時候，我這個準備御駕西征的天子，乃向手下的將士望去，一眼看見了九年前入伍的《英漢航空與空間技術辭典》，於是馬上召他到金鑾殿，委以重任，封他爲「征西大將軍」。這個閒將，九年來食君之祿，這時自然也樂意擔君之憂了。這個大將軍的確厲害，一入敵境，已經大獲全勝。於是英文的術語一一歸順華夏，成爲「航天飛機」、「後半球轟炸機」、「軌道轟炸機」、「半軌道轟炸機」、「亞軌道轟炸機」、「前掠翼」、「後掠翼」、「三角翼」、「渦輪噴氣發動機」、「渦輪風扇發動機」……

在多倫多開設翻譯公司後，養了多年的將士更大展所長。最近，我參加了編譯字典的工作，發覺有能力向我這個天子挑戰的蠻夷少之又少，因爲我十多年來所養的將士，已組成十分精銳的一支天兵，有足夠能力應付天文、地理、地質、土壤、氣象、海洋、環境、化學、化工、地理、數學、電腦、機械工程、空間電子、宇宙航行、眞菌、蜱蟎、玻璃、陶瓷、鐘錶、木材、橡膠……等國的進攻。

有一天，我這個天子如果有「貞觀之治」，這些如雲的猛將是要上凌煙閣的。

一九八七年一月・多倫多

遙遠的鐘聲

藍色、紅色、綠色、黃色、橙色的射燈和激光在空中交織奔馳，如藍水晶、紅寶石、翡翠、琥珀液化，然後融成急旋的星雲。星球大戰般的幻境配上搖滾樂，在聲色上給觀者極大的滿足。

這是一九八六年十二月三十一日的晚上，地點是多倫多內森・菲利普斯廣場（Nathan Phillips Square）。皇后街、貝街是行人的天下；汽車要前進，幾乎像攀登蜀道一樣難。我早已不是十多二十歲的青年，但由於是第一次在大會堂前面守歲，加上聲光飫耳悅目，竟不由自主地叫熱鬧的氣氛所感染。看見激光交馳，以宇宙的絕對速度旋起旋滅，射向喜來登中心的窗戶；目睹一束藍色的強光衝入高空，在多倫多所有的建築物之上游動，深入無際的廣漠，在至遙至敻處和冷寂的星光相觸，我怎能不投入廣場的節奏呢？

「還有一分鐘，一九八七年就要來臨……」臺上的司儀宣佈。廣場上的數萬名觀衆都緊張地仰望著東邊的鐘樓。臺上的搖滾樂也滾向了高潮，震撼著每一顆年輕或年老的心。爲電視臺現場直播的工作人員，都高據臺架上，把攝影機對正大鐘。時針、分針、十二個數字都落入了多倫多千百萬雙眼睛的焦點，控制著千百萬心臟的跳動。

「還有十秒……」在場的人都在屏息。

「九秒……八秒……七秒……」司儀的聲調越來越高。他已經和其他人一樣，被緊張的氣氛磁化，不能再超然獨「司」其「儀」了。

「六秒……五秒……四秒……」靜電在大氣中積聚，刹那間就要燿爍煜爚，崩落所有上仰的臉。

「三秒……」所有的呼吸中止……

「兩秒……」所有的心臟停頓……

「一秒……」大喜訊已經奪闔闖而出……

「一九八七年降臨！」

刹那間，臺上臺下爆起了興奮的歡呼，夾雜著空中噎噎的氣球聲。在我耳畔，蘇格蘭的名歌〈昔日〉如大海潮漲，湧入了皇后街、貝街、大學大街，湧入了充滿期盼和希望的萬戶千門。

然而，在人聲、樂聲、氣球聲中，我依稀覺得，一九八七年來得不大對勁。啊，是了，廣場的鐘沒有鳴；一九八六和一九八七年相接的邊界，竟然是出奇的寂靜。這時，隱隱約約，在很遠很遠的地方，傳來了鐘聲。首先是悠揚而悅耳的音樂：「3—2—1—5；5・—2—3—1……」祥和地飄入寧謐的夜空，撫慰著所有倦魂。你要是在鐘樓附近走過，在銀行區輝煌的燈飾中，幾乎看得見鐘聲漾向星際，然後粼粼地浴回來。然後，十二下鐘聲沉雄渾厚地湧出，在海港的兩岸迴盪，同時拔起所有輪船的汽笛；整個海港、整座城市，剎那間盡是熱鬧而莊嚴的吟哦……

「剛才的一切都好，可惜沒有鐘聲。」和家人離開廣場時，我喃喃自語，腦中浮現出香港的天星碼頭、皇后像廣場、滙豐銀行、尖沙咀、燈火輝煌的海港，以及在港內穿梭來回的渡海小輪。

一九八七年一月十四日・多倫多

懷披頭四

搖滾樂壇和時裝界差不多；幾年之間，就可以有很大的變化。趙翼形容文壇時說過：「江山代有才人出，各領風騷數百年。」拿趙翼的話來形容搖滾樂壇，「數百」二字要改為「四五」或「五六」。兩三年前，邁可爾·傑克森紅透了半邊天，搶盡了搖滾樂壇的鏡頭；現在，聚光燈已經移到了瑪當娜身上。一曲〈爸爸，別說教了〉，在過去幾天更出盡風頭，榮獲國際大獎。然而有一天，瑪當娜也肯定要退到舞臺的一邊，把主角的地位讓給後起之秀。

多年來，能夠在樂壇上屹立不倒的，似乎只有披頭四。披頭四樂隊早已解散；大哥約翰·連儂更於一九八〇年遭瘋子槍殺，可是他們的歌曲仍繼續受千千萬萬的樂迷歡迎。最近，在某電臺舉辦的一次討論中，一位樂評家認為，在搖滾樂壇上，沒有一個歌星或一隊樂隊可以比得上披頭四。這位樂評家還說，趁披頭四樂隊餘下的三位成員仍然健在，搖滾樂界應儘早建紀念館，收藏一切與披頭四有關的文物。這樣，四十歲上下的人，就可以帶兒女進館內，對他們說：「你們今日的搖滾樂，只是噪音罷了，哪裏是音樂？我們那個時代就不同了。你聽！」

有些人會認爲，這位樂評家褒古貶今，持論未必中肯。因爲目前二十歲上下的青年，有一天也可能視瑪當娜爲樂聖，而大貶他們兒女的偶像。

不過重聽披頭四的歌曲後，我的感覺和上述的樂評家相同。披頭四，可能就是搖滾樂壇的莫扎特和貝多芬。

六十年代初期，披頭四只是二十歲上下的年輕人，在英國利物浦以〈我要握住你的手〉和〈我看見她站在那裏〉征服了全球的青年。接著，他們灌錄一首接一首的好歌，首首都那麼悅耳動聽，一上市就直竄流行榜的最前面，輕而易舉地擊敗其他搖滾樂隊或歌星。據統計，那時候一日二十四小時的每一秒鐘，世界各地都有電臺播放著披頭四的歌曲。正因爲如此，這幾個年少有爲的人才會得意忘形，說耶穌基督也比不上他們；並且以歌言志，要「滾過貝多芬」。

一九六四年，披頭四來香港演出。到達機場時萬人空巷；住宿的酒店要出動很多人來維持秩序；演唱時，許多少女更昏了過去。一想起自己正在和日夕思念的偶像呼吸著相同的空氣，哪一個少女能夠不興奮呢？

披頭四橫掃世界時，我正在唸中學。我不是女孩子，不會爲他們昏厥。可是我也像其他年輕人一樣，爲披頭四的歌曲著迷。我們那個時代，可以稱爲「披頭四時代」。今日，電臺一播放披頭四的歌曲，我少年時代的回憶就會在空中繚繞。

現在重聽披頭四的歌曲，發覺他們在多方面都勝過別的樂隊。首先，他們的想像力異常豐富，悅耳動聽的旋律源源不絕地流自他們的筆端。創作美妙的旋律時，沒有誰比他們更從容，更多產。就這點而言，他們像極了莫扎特。第二，他們不重複自己，幾乎每一首作品都有新境界。第三，他們的風格不斷變化，不斷成熟，每個時期有每個時期的特色；到了後來，他們更從各種各樣的抒情走入哲理境界。

也許由於這些緣故吧，年屆不惑的我，仍爲披頭四的歌曲所「惑」。

一九八七年一月十五日・多倫多

讀字典

要不是辦了家翻譯公司，是絕對不會讀字典的。因爲我一向覺得，這是神經失常前的表現。

怎麼啦？中、英文程度不夠，要臨急抱佛腳？中、英兩種語言，渺無際涯，一個人無論怎樣努力，仍會覺得程度不夠的。我讀字典，並非要以短暫的生命逐無涯之知，而是因爲工作上有這樣的需要；不然，我會多看幾部小說、多讀些詩。

參加字典的編譯工作，要把字典一頁一頁的細看。未著手工作時，覺得這樣做簡直不可思議；可是工作一開始，竟發覺讀字典的樂趣不下於讀其他的書。翻開字典的任何一頁，都會進入一個新世界。首先，我會認識許多新詞、新義。譬如說，quetzal（中美洲產的一種鳥）和ptarmigan（雷鳥）兩種珍禽，在別的書本大概不容易接觸到。如果不是要譯quadrature（弦），我也不會花時間翻閱天文學的參考書，去辨別syzygy（朔望）和弦的關係。此外，以前唸代數、幾何、三角、物理、化學、生物時，課本全是英文，現在把當年學到的術語用中文說出來，特別有親切感。以數學爲例，實數、函數、合理數、被開方數和 real number, function, rational number, radicand 所指相同，但一經倉頡祝福，似乎比英文可愛了些。

讀字典的最大功用，是拓展知識的領域。我無意專攻一經，有機會時總儘量讀些雜書；但時間畢竟有限，對於許多學科，只能夠望洋興嘆。現在，因爲有人付錢讓我讀字典，我竟可以出入於天文、地質、機械工程、冶金、電子、土壤、眞菌、化學、化工、醫學、航海、造船、軍事、氣象學、電信、礦物學、石油工業、建築工程、玻璃陶瓷、鑄造、塑料工業、自動控制、電工、水利、農業、宗教、經濟、法律、音樂、哲學、神話……以至原子物理學、天體物理學、宇宙航空學、航空電子學等尖端學科。如果不是讀字典，上述的許多領域，恐怕到老死都沒有機會探索呢。

今天下午，又認識了一種叫 rafflesia （大花草）的植物。這是一種寄生植物，產於馬來羣島，無莖，無葉，花朵有惡臭而無瓣，直徑由三吋到三呎。

見了這麼新奇、這麼巨大的花，就覺得讀字典眞有意思，不如以前想像的那麼傻。

一九八七年一月二十一日・多倫多

丁香曲

窗外，融雪的水凝結成清光漓漓的冰淚，懸在屋檐上，潔淨而澄明；北半球的時間彷彿都在裏面珍藏著，不再流動。要不是我把坐姿稍稍改變，目光爲冰淚映出的金暉鏗然一擊；要不是我看見一張褐色的山毛櫸葉子，在雪中伸出葉尖，隨一股偶爾吹過的微風輕顫；我會以爲，銀河所有的星光都不再疾馳，刹那間滙成了一方冰湖，靜止在宇宙的中央。

室內也同樣寧謐。一個人，獨坐著沉思，每一縷思念都沾著雪瓣，沾著冬陽的暖金，在風中浮盪、起伏，在安大略的雪原消失，再也尋找不到。

這時，我曾見窗臺上的一盆丁香，如一瓣瓣的紫雪堆積起來，和室外的寒冰相映；一股暖流從裏面湧溢而出。

說丁香是紫雪還不夠準確。凝視久了，發覺那是一堆暖雲，在天空中由粉紅融入淺紫，柔軟而溫馨。

我再凝神，發覺一縷沾著淺紫的暖香正從紫雲深處飄出，冉冉地盤旋上升，跌宕著，起伏著在室內繚繞。不久，暖香已飄到我跟前，軟滑如天鵝絨，輕觸著我的鼻尖、肌膚，在我的髮間棲遲，或蜷伏在我的鬢上依依不去，或柔柔地滑入我的衣領，如絲、如綢，摩挲著我的頸項。這天，我每一縷思念都帶紫，而且薰滿了暖香。

晚上，室內的境界又有不同。黑暗中，我看不到紫雲，但覺暗香如春雪初融，從冰川深處溢出，流到我的雙頰，輕輕地拍擊著鬢腳，以世上最溫柔的動作，把我送入廣闊而寧靜的夢海。

買了一筒空氣清新劑，把蓋子向上旋開，露出一桿丁香膏，光滑晶瑩的膏面閃著渥紫的柔光。咦，我置身於湘君的珠宮貝闕？

一九八七年二月十一日・多倫多

文非其人

「文如其人」的說法，只能夠形容部分作家。在某些情形下，說「文非其人」會更準確。《多倫多星報》最近刊登的書評，就給了讀者這樣的啓示。

書評的作者是羅伯特・富爾福德（Robert Fulford）；書評所討論的書，是金・H・霍沃克（Kim H. Howalke）主編、耶魯大學出版社出版的《再世奧菲斯——庫特・崴爾論文集》（*A New Orpheus: Essays on Kurt Weil*）。論文集的焦點雖然落在崴爾身上，但崴爾的搭檔布萊希特（Bertolt Brecht）所佔的篇幅也不少。

布萊希特是德國的劇作家，一九五六年才去世，近年來名聲越來越大，一直是學者研討的對象。不過據論文集的考證，布萊希特爲文可佩可敬，因爲他有卓絕的才華；爲人呢，卻可鄙又可憎，是眞眞正正的僞君子，對同事，對朋友，對和他相好的女子都很壞。他在公開場合提倡人權，態度十分認眞；私下卻欺壓弱小，爲人暴虐，而且又是個文抄公。他在劇本裏把商人描寫成剝削工人的魔鬼，可是他本人在生意交易上也是個騙子。他自稱不計較版稅，可是正如富爾福德所說，他不計較的，是和他合作者的版稅。他和崴爾合寫《三便士歌劇》，由自己和情婦伊麗莎白·豪普特曼據約翰·蓋伊的《乞丐歌劇》寫劇本和歌詞，由崴爾自出機杼，創作該劇的全部歌曲。結果大佔崴爾的便宜，只給他百分之二十五的版稅。富爾福德說得好：「崴爾充滿愛心，爲人慷慨而溫煦，和布萊希特的狡詐、貪婪周旋，自然不是對手了。」此後，布萊希特一再蒙騙崴爾。譬如在一九三八年，《三便士歌劇》在巴黎上演，布萊希特把賺到的錢全部據爲己有，崴爾連一個法郎也得不到。

妻子觀人，也許有超越邏輯的第六感幫助吧，常會勝丈夫一籌。丈夫交上了小人，往往不察，到日後吃了大虧，才想起妻子昔日的警告。崴爾的妻子洛蒂·倫亞(Lotte Lenya)，又證明了這一論點。她比丈夫更了解布萊希特的爲人，曾寫信給崴爾，說她淸楚地記得布萊希特對丈夫所有的壞行徑。有一次，崴爾考慮是否該和布萊希特再合作，妻子說：「我絕不相信他會改變性格；他一向自私自利，以後也永遠會如此。」應否再和布萊希特合作呢？「否！否！」(Nein, nein) 崴爾的妻子在信中說。後來，在四十年代，布萊希特請崴爾替《四川的賢婦人》作曲，崴爾想起難忘的往事（相信也聽了妻子的忠告），乃斷然拒絕。

由此看來，壞妻子也許是丈夫的妹喜、妲己、褒姒，好妻子卻可以是神明，徘徊於丈夫左右，能隨時保護丈夫。

布萊希特在劇本裏有許多正義的呼聲，在現實生活中卻是這樣的一個人，也難怪奧登說：原則上，他反對執行死刑；可是，對於布萊希特，他願意破一次例。

在作品中講道德的作家，其爲人可能十分道德，也可能不十分道德；有時候，更可能像布萊希特一樣，十分不道德。身爲讀者的不可不察。(取材自Robert Fulford的“Bertolt Brecht: Genius writer, despicable person”)

一九八七年二月十二日・多倫多

鮮奶與鬆餅

望著廚房窗外的白雪、松鼠、楓樹，一邊喝鮮奶、啖鬆餅（muffin），不知怎的，竟覺得很快樂。

幾個星期來，每天的早餐都如此：一杯鮮奶、一個鬆餅，就滿足了肚子的需要。鮮奶，兩元九角九分三袋，可以喝好多天；鬆餅，一元三角九分一盒，每盒四個，可以吃四天。從某些角度看，長期吃這樣的早餐，未免單調了些。你看，鮮奶都用透明的塑料袋包著，放進大水罐裏，剪開塑料袋的一角，就可以汩汩地往杯中倒了。至於鬆餅，一揭開薄薄的塑料盒子就可以啖到。這樣草草進食，太不講究吃的藝術了。

這樣的早餐雖然單調，但對於我，至今仍沒有失去吸引力。

先說鮮奶。這白得毫無瑕疵的流質，不但有極高的營養價值，而且香滑可口，不會遜色於任何名貴的飲品。如果你不同意，一幅在多倫多公共交通工具裏常常看得到的廣告，也許能說服你：廣告的一邊是一個透明的玻璃杯子，在大特寫的鏡頭下佔了畫面的大部分空間。透明的杯子裏盛著稠滑的鮮奶，與背景的藍天相映，白得分外渥潤皎潔。杯子傾側，鮮奶正緩緩下瀉。由於廣告攝製得高明，你可以看見稠密、潤滑、豐厚的奶質，看見鮮奶下注時絲綢般無聲地摺疊、晃盪、搖舞，閃著柔和而溫潤的光。在杯口之上，一個穿著泳褲、充滿活力的年輕男子正凌空躍起，就像高臺跳水的選手一般。由於比例的巧妙運用，男子比那杯鮮奶小得多，彷彿是藉著鮮奶所賜的力量衝入了無窮無盡的長空。廣告的文字不多，只有「Give the job to milk」（讓鮮奶代勞）一語。可是我看後，竟叫撰稿員說服了，恨不得馬上回家打開冰箱。

用粗糠和麵粉做的棕色鬆餅是鮮奶的最佳伙伴。鬆餅不太甜，不容易吃膩。一入口，你就會感覺到每一片粗糠的韌性和彈性。食物有如書籍：太軟的不耐咀嚼；太硬的咀嚼不來。粗糠鬆餅，則恰到好處，對你的牙齒欲迎還拒，給你十分實在、十分鄉土的感覺。

我和鬆餅似乎特別有緣；一九八〇年才認識它；到現在，彼此竟成了至交。

望著窗外的雪景、楓樹吃早餐，心中暗忖：「拿破崙如果懂得享受鮮奶和鬆餅，也許不至於被流放到聖赫勒拿島吧？」

一九八七年二月十四日・多倫多

說謊的必要

不說謊的人，像不吃飯的人一樣難找。人不可以不吃飯，也不可以不說謊。

你是老師，一個英文極差的學生問你：「我的英文是否極差？」如果你的心不是鐵造的，你會說：「不，只是稍弱罷了。再用點功，就行了。」雖然你知道這個學生無論怎麼用功都不會「行」。你昨夜很晚才睡，今天一早被討厭的電話鈴吵醒。你詛咒著抓起聽筒，電話線另一端的朋友問：「有沒有吵醒你？」你會強按著心中的怒火，陪笑說：「沒有，我早已起牀了。」你心愛的巴利皮鞋被人踩汚了，心痛如刀割，想把那可惡的人揍一頓，聽到那人說：「對不起。」你還得故作大方，說一聲：「不要緊。」

當然，我也見過一些出口成刀的人，直截了當地回答學生說：「是，你的英文無可救藥！」或對著電話的聽筒咆哮：「還要問嗎？當然吵醒了！」或滿臉怒容，望著皮鞋罵道：「光說『對不起』，有個屁用！快把鞋子賠給我！」不過，「誠實」到這地步的人畢竟還屬少數；生活在文明社會，上述的謊話還是要說的；不然，我們會傷害許多人的自尊心，令許多人感到不快，失去相處多年的朋友，甚至妻子。

所以，妻子燒的菜即使難以下嚥，你還得一邊吃，一邊讚她手巧。她在髮型屋燙了個爆炸頭回來，嚇得你要奪門逃跑。可是當她叉著腰問你：「好看不好看？」你還得逼自己的視線移向一個被炸得慘不忍睹的頭，囁嚅著說：「好……好……好……好看。」

一九八七年二月十五日・多倫多

書到運時方恨多

讀書人對於書，有兩種極端的態度。一種是極端執著，另一種是極端灑脫。

持第一種態度的人，在書局買了本新書，就會把它包好，在扉頁上簽名、蓋章、寫日期，然後在書脊上編號，端詳摩挲完畢，才供奉在名貴的書架上。哪一本書沾了塵，他會感到十二分的不舒服，如沙子吹進了眼睛。你向他借書，他即使礙於情面借了給你，仍會把你的名字和借書日期記下，到借出的書無恙歸來，才會睡得安恬。平時，除了上班，他的時間都用在書本上；不是用來讀書，而是用來看出版社的目錄、尋覓不同的版本，想辦法把客廳、睡房改建成書房。

持第二種態度的人恰巧相反。他們當然也買書。不過他們隨看隨借，隨看隨丟；借了出去，不理人家是否會歸還；丟了呢，不但毫不惋惜，而且有獲得解脫之感。

第一種讀書人，有點像東周和晚唐的天子，受制於桀黠的諸侯和藩鎮，徒有君主之名，而無君主之實。第二種讀書人則像劉邦和朱元璋，用完了手下的功臣、大將就實行藏弓烹狗，一一加以殺戮。

我一向景仰周武王、漢光武、唐太宗，因此我對書的態度也受這三位英主影響。我和第一種讀書人一樣，也逛書局，也買書，可是不會讓書成爲跋扈恣睢的諸侯或藩鎮。和第二種讀書人一樣，我借出去的書也常常不知所終，但買回來的書，我不會隨看隨丟。劉邦和朱元璋無疑是雄才大略的皇帝，但他們心胸太狹窄，不是我要效法的榜樣。我效法的，是武王、光武、太宗。有功的書，都會在我的書房裏獲得合理的分封，或者成爲鄧禹、耿弇……長孫無忌、杜如晦、魏徵、尉遲敬德……

然而，我畢竟是個凡人，不是武王、光武、太宗一類豪傑；搬家的時候，我總想變成劉邦或朱元璋。

在香港住了二十八年，一九八六年離開香港前，共搬過六次家。最初兩次搬家時，由於剛進大學，藏書十分有限，並不覺得辛苦。但由於住大學宿舍的三年毫無節制，見到喜歡的書就買；而且爲了安置這些書，特地請鋼具商造了一個寬四呎多、高九呎多的巨型書櫃。結果一九七三年搬出宿舍時負擔大增；一九七四年由九龍搬回港島，運書之外，還得另租貨車，把巨型書櫃從西營盤載往柴灣，找當日的鋼具製造廠把它切成兩截，才搬得進新租的房子。

其實，香港寸土尺金，貧窮的讀書人是不宜輕率買書的。可是我沒有考慮這點；《資治通鑑》、「二十四史」、《全唐詩》、《全宋詞》……一套接一套的進了我的書房；翻譯參考書也絡繹而至。我的書架，應付中、英文書籍已經吃不消了，偏偏我又買回一批批的法文、意大利文、德文、西班牙文書籍。我對古希臘文和拉丁文仍一竅不通，見書局淸貨，平價出售荷馬、阿里斯托芬、維吉爾、賀拉斯的原著，竟毫不猶疑地買了回來，希望有一日可以閱讀。後來，我雖然自學了一點點的拉丁文和古希臘文，但還不能從容閱讀這些名著。結果它們還沒有爲我效勞，我已成了它們的夫役。

領略過搬家的滋味，以後買書，照理應該三思了吧？不，我並沒有學乖；每次搬到了新地方，總是一廂情願地暗忖：「這次該可以安定下來，不必再搬了吧？」於是又忘記了教訓，讓買書之癮繼續爲患。這樣在港、九、新界搬來搬去，不少心愛的書都受傷了。譬如我千方百計才買到的牛津大學版《莎士比亞全集》和但丁學會版《但丁全集》，就在西營盤搬往沙田的那一次摔得皮不附骨。自那次起，每次搬家，我總覺得書買得太多。

去年八月，也就是離開香港前一個月，搬運公司到家裏打包，五十七箱東西中，有四十八箱是書。看見四十八個紙板箱把我們吃飯的地方也奪了去，我覺得做劉邦和朱元璋還不夠；我想做秦始皇。

一九八七年三月二日・多倫多

青春

已經是黃昏時分，溫哥華的朋友開車載我們參觀不列顛哥倫比亞大學。二月，是加拿大最冷的月份，但溫哥華有太平洋調節，即使在二月，天氣也像仲春一樣。不列顛哥倫比亞大學的校園裏，百花如絳雲紫霧在綠草坪上堆積。從多倫多來的人，置身在夕陽的暖曛中，竟像黑土一般，經一場如膏的暖雨浸潤後，變得又鬆又軟。海灣外，晚雲在舒卷；船隻來回時曳起的水痕，在山下的海灣伸延；我們站在山頂上，已聽不到水聲。香港中文大學的風景美得叫人心醉；可是我在不列顛哥倫比亞大學的校園俯眺下面的海灣時，不禁暗忖：「中文大學找到勁敵了。」

眺完了海灣，我們信步走向圖書館。一邊走，一邊看斜暉把校園的建築物照紅，不覺都有點酡然。使我們酡然的，不僅是繁花，而且還有晚霞，還有那一縷縷被夕曛刷成桃紅，刷成珊瑚色的風，以及天地——一個斟滿了美酒，正泛著珍珠紅的琉璃杯。

剛到圖書館門口，一個十六七歲的華裔女孩從館內走了出來。平時，到了圖書館，總會聯想到龍鍾的學者或戴著近視眼鏡的學生，很少聯想到青春。但在我們眼前出現的女孩，和圖書館的常客不同：梳短髮，穿鮮紅色的襯衫、藍色的牛仔褲，並沒有戴眼鏡。女孩容光煥發，長得十分漂亮——受青春眷寵的，怎能不漂亮呢？女孩的眼睛像森林裏的冰湖，只映照天光、雲影；偶爾也有一隻白天鵝飛過；裏面還不曾有一滴半滴的煩憂。至於衰老、病苦，和這個冰湖就更加拉不上關係了。

女孩沒有因前面有人而矜持起來，仍然像森林的麋鹿，在無人的世界渾然忘機，繼續自己的活動。她把手中的書包漫不經意地甩到肩上，繫好了帶子，然後向停放在圖書館門口的自行車走去。那是一輛比賽用的自行車，構架輕盈，橫檔、下管、車座管、車把、燈架、頭燈、車圈、叉葉、座支撐、曲柄、座柱、軸、輻條、行李運載架，以至腳蹬的套管和防塵蓋，都用不銹鋼製造，靜靜地停著，就顯得慓捷靈敏。啊，這樣煥發著朝氣的自行車，只有她才配騎！

女孩走到了自行車旁，扶著左右車把，用穿著跑鞋的右足輕輕撥開後輪支架的彈簧扣，提起左足，踏在左邊的腳蹬上，右足輕輕用力，把車子向前一推，就跨上了鞍座，然後身子微微前傾，無比優美地滑入了晚風。這一連串的動作都那麼輕巧純熟，自然得像天鵝從芙蕖和荇藻深處滑入湖心的夕陽。

女孩並不知道有人看她，也不知道自己的動作美妙，上車後就從容地踩著腳蹬迎夕陽而去，車胎滾過平滑的路面時發出沙沙的聲音，車圈、車軸、輻條靜綻著銀色的光芒。女孩見自行車的速度增加，再把頭輕輕一俯。霎時間，烏亮的黑髮在夕陽中一閃——黎明的星光躍入了天空……漸漸，我看見銀白的曉色在溫哥華海灣滿溢。

一九八七年三月三日・多倫多

逛書店

賭徒不可以進賭場；喜歡書的人，不可以進書店。因爲這些地方都是易進難出的。

我不是賭徒，對於我，賭場並不危險。我要走避的，是存放著千鍾粟和黃金屋的書店。多倫多的書店極夥，最危險的兩家，眞不幸，離我住的地方都很近。

先說二險之一的世界第一大書局（World's Biggest Bookstore）。這家書局位於市中心的愛德華街；是否世界最大，我沒有找《根尼斯紀錄大全》查核。但就我個人的經驗而言，「最大」這銜頭，它的確可以受之無愧。書局只有兩層，每層的面積卻容得下許多家普通的書店。從愛德華街一進門，你就發覺它又長又寬，幾乎望不到盡頭。

「世界第一大」幾個字，當然不光指面積；如果書局的面積大，出售的書籍不多，恐怕仍不能「自大」的。這家書局自稱「世界第一大」，還因爲裏面的書多得驚人。柳宗元在〈陸文通先生墓表〉中說：「其爲書，處則充棟宇，出則汗牛馬。」意思是書籍存放時可以堆到屋頂，搬運時可以使牛馬出汗。這家書局的書如果眞的找牛馬來搬，牛馬一定望而生畏。書的類別，自然是應有盡有的了：傳記、科幻小說、間諜小說、政治、經濟、哲學、動物、植物、語言、旅遊……無論你的閱讀興趣是怎樣的離奇古怪，進了去都會得到滿足。我的閱讀興趣雖然集中於文學，但也旁及其他科目。在書局的東邊瀏覽了各國詩人的新書，比較完《神曲》的不同版本，我會到其他角落看看傳記、字典，以至介紹鳥、獸、草、木、魚、蟲、政治、旅遊、天文、武器、魔術、鬼怪的雜書。如果時間許可，每次進了這家書局，總會在裏面丟掉魂魄，到店員要關門才恍恍惚惚地跌回凡間。

危險程度和世界第一大書局相埒的，是多倫多大學書店。這家書店面積較小，但勝在專，同樣的不好惹。由於它是大學書店，陳列的書籍大都和大學課程有直接或間接的關係。看見那一本本靜躺在架上的書，我會叫知識的力量震懾，像一片薄鐵，跌入了無邊無際的磁場；又像《第三類接觸》裏面的人，望著飛碟的強光目瞪口呆。多神奇啊！這一册册厚薄不同的祕笈。一個個年輕人和它們一接觸，就會成爲工程師、醫生、科學家……。飛得最快的噴氣式飛機、奔赴冥王星的宇宙飛船，都從那寂靜的扉頁內出發。你聽，那寂靜的扉頁內傳來了核裂變和核聚變的巨響，如八百萬個風暴同時在太平洋上空爆發。

書店裏最吸引我的，是陳列希臘和羅馬古典文史、哲學的部分。荷馬、赫西奧德、薩孚、埃斯庫羅斯、索福克勒斯、歐里庇得斯、亞里士多德、柏拉圖、阿里斯托芬……維吉爾、賀拉斯、奧維德、凱撒、卡圖魯斯、阿普利烏斯、阿奎那的古希臘文、拉丁文原著全在那裏風雲際會。在香港，想唸法文、意大利文、德文、西班牙文，都可以找到好老師；想唸古希臘文和拉丁文，卻一直找不到傳授的人。大學時期讀了荷馬、維吉爾等大師的英譯作品，一直想看原文。一九八〇年在意大利唸書時，曾打算在翡冷翠唸拉丁文，然後到雅典唸一點點的古希臘文；可惜計劃因種種困難而告吹。結果只好自修，花了兩三年的時間，把兩種語言搞得半通不通。但也正因爲這樣，翻開《伊利昂紀》、《奧德修紀》、《埃涅阿斯紀》，以至托馬斯・阿奎那的《神學大全》時，我會有特別的喜悅。古希臘文和拉丁文比法文、意大利文、德文、西班牙文等現代歐洲語難學；我沒有老師指點，而且時間太少，所學的不過是皮毛。可是每當我揣摩到一段半段的意思，就會成爲阿基米德，大呼「heurēka（我找到了）！」。

學外語有點像追求女子；在將識未識的階段，你的神魂最顚倒。古希臘文和拉丁文是我初識的美女，對我一直是欲迎還拒。正由於這緣故，我一進多倫多大學書店，就會迷迷糊糊地走入她們的香澤。

一九八七年三月五日・多倫多

窮達不異心

意大利的移民，在多倫多不是新客，人數可能僅遜於盎格魯撒克遜族的英國人。多倫多市西部，是他們聚居的地方，有小意大利之稱。

不知是多少年前了，意大利人如一球球的蒲公英飄過大西洋，降落北美，在安大略湖畔繁衍。不少意大利人，在此地出生、成長，接受北美的教育，按理是應該落地生根的了。可是，他們並沒有給我這樣的感覺。

多倫多有意大利語電臺，播放的節目和英語電臺所播的雖然在多方面相似，但也有明顯的分別：意大利語電臺，常播放有關意大利近況的報導。這些報導不但包括新聞，而且還包括意大利各地足球比賽的結果。扭開收音機，你就會知道：羅馬某某隊和那波里某某隊在某某球場上交鋒，以三比二分出了勝負；下一回合，又是哪一隊出戰哪一隊。播音員報導時，並不像置身於多倫多，而彷彿身在羅馬的奧林匹克運動場轉述某一場刺激的球賽。聽了播音員興奮的音調，我以爲自己又到了翡冷翠呢。

電臺播意大利的足球消息，是因爲此地的意大利人喜歡聽。可見意大利人卽使離開了祖家，仍想念故土的一切。

其實，這種情愫，又豈是意大利人所獨有的呢？香港人來了多倫多，同樣會懷念香港。秋天來臨，他會想起吐露港和馬鞍山漸高的天空，想起浮在赤門海峽外的黃昏。到了冬天，氣溫降到了零下二十度，他又會翻開英文報紙，在報告世界各地天氣那一頁找到華南這彈丸之地，返回零上二十度的溫煦。到了冬盡春來，他的耳邊會響起子規的叫聲，似遠還近，彷彿仍沾著中文大學的濕霧。

臺灣的人，何嘗不是如此？從臺灣來的，有沒有想起玉山、阿里山、日月潭呢？我不敢肯定。可是見他們看的仍是臺灣報紙，我就知道，他們仍想念臺灣。在他們的心目中，十信事件、臺幣升值等新聞，可能與多倫多的新聞一樣重要。他們在安大略湖畔徜徉，要是偶一分神，大概也會把眼前的湖認作日月潭。

盎格魯撒克遜族的英國人也好不了多少。不，他們比意大利人、中國人更思鄉。翻開安大略省地圖，這裏是溫莎、這裏是牛津、這裏是約克……。三年前，在多倫多過暑假。有一天，和家人去遊樂場觀看海豚表演。馴養海豚的人要找一個小孩子做配角，於是從觀衆臺上請了個年約七、八歲的男童下來。

「你從哪裏來的？」遊樂場的職員問那個小孩。

「剛從倫敦來的。」小孩答道。

我感到奇怪：從英國剛到，怎麼不休息一下就來遊樂場呢？這個遊樂場的吸引力眞的這麼大嗎？後來一問，才知道所謂倫敦，原來是安大略的一個小城，離多倫多不太遠。你看，連倫敦也從大西洋的另一邊搬了過來，你說英國人的思鄉病是不是更嚴重？

何止思鄉？他們思鄉之不足，還會思人、思古。不信，可到多倫多以西四五十哩看看；那裏有一個米爾頓——寫《失樂園》的大詩人。此外，在安大略省內，還有德萊登(Dryden)。當然，莎士比亞是漏不掉的。

休笑英國人了。如果最先移居多倫多的是香港人，今日的多倫多附近也早已有廣州、上海、揚州、南京、北京、沙田、八仙嶺，以至屈原、李白、杜甫了。華人聚在一起，必定會說「他從屈原來」，「你去不去李白？」，「我住在杜甫」一類超現實的話。

一九八七年五月八日・多倫多

謊　繭

病人的病勢嚴重，來日無多；醫生爲了使他好過些，對他說：「別擔心，沒甚麼問題的，好好地休息吧。」

學生的功課差，感到沮喪氣餒；老師爲了使他振作，安慰他說：「你的功課並不差，努力些就會更好了。」

朋友打電話吵醒了你，問道：「有沒有吵醒你？」你不想叫朋友內疚，答道：「沒有啊！我早就醒了。」

這類謊話，都爲聽者的利益而說，不會給講者便宜，完全出於善意，英國人稱爲「無惡意的謊言」（white lie），直譯是「白謊」。白謊，恐怕聖人也不能避免。

你是個女孩子，人家問你有多大年紀，你捨不得離開幾年前的全盛時代，於是給實際年齡打個八折。這類謊言，利己而不害人；既無善意，亦無惡意；在聖人眼中也許不是無瑕的白，但也不是黑，充其量是黑白之間的灰。灰謊，凡人有時候還是要說的；因為世上有些男女，總愛打聽人家的隱私，然後四處張揚，對你有害而無益；你沒有義務去滿足這些閒人的好奇心，卻有充分的權利把私事或個人的資料妥為保存。不然的話，你會成為剛誕生的亞當、夏娃，連一片蔽體的樹葉也沒有。

第三種謊話是黑謊。說謊者的目的是欺騙他人，從中取利；或惡意誤導，隱瞞眞相。這樣的謊言世間最多，而且都直接或間接地使別人受害，而使說者獲益。

世間不可以沒有白謊，否則許多人會受到傷害。世界沒有了白謊，猶機器沒有了潤滑油。機器沒有了潤滑油，雖然仍可以運作，但零件摩擦時會發出刺耳的聲音。人家無意間踩髒了你的名貴皮鞋，說「對不起」，你當然可以拒絕他的道歉，當場罵他一頓。不過這樣做太不近人情了；你出於禮貌，雖然心中覺得十分要緊，還是會說句「不要緊」的。

白謊不可不說；灰謊有時候也不能避免；至於黑謊，則不說為妙。

黑謊為甚麼不該說呢？古今的聖賢可以從道德的觀點列舉出三十個理由。不過，光就實用的角度看，說黑謊也是害多於益的。說黑謊的目的是為了私利，但時間一久，利就會變成害，因為黑謊有先天的局限：很難把聽者永遠騙下去。長壽的黑謊可能在幾十年後才被戳破，但這類謊言要靠巨大的宣傳機器維持生命；一般的黑謊（尤其是個人說的黑謊），壽命會短得多。黑謊有點像鳥卵：到了適當的時刻就會有幼雛破殼而出，吱吱地向世人啼叫。黑謊又像地雷：你把它埋在地下，目的是實現自己的謀略，可是，總有一天，你會忘記一枚兩枚，然後不在意地踩在上面，被炸個正著。

說黑謊的人要有絕佳的記憶力。他今天說了句假話，以後得一直記在心中，一個月，一年或十年後還得和這句假話呼應，否則就會露出破綻。因此，說謊又像織布，這邊抛出的線，那邊必須有另一條線接住；抛出的線越多，接線的困難越大。此所以《尚書・周官》說：「作德心逸日休；作僞心勞日拙。」喜歡說黑謊的人，大概得不到好睡，腦裏也不會有太多的空間容納別的思想。

在黑謊的世界裏，不會有無縫的天衣；說謊者以爲自己的謊言密得水潑不入、針揷不進時，偏偏就會有一條縫，甚至一個洞，會逃過他仔細的檢視。他把眞理謀殺，把屍體繫在大石上，投進西太平洋三萬六千一百九十八呎深的勇士號海槽，以爲可以高枕無憂了，偏偏地殼會變動，把海槽推出水面，使它成爲大平原，讓全世界的人觀看說謊者所毀的屍。埋藏黑謊，不見得比埋藏輻射容易。梅菲定律（Murphy's Law）說得好：「既然任何事物都可以出岔子，那麼，任何事物都會出岔子的（If anything can go wrong, it will）。」黑謊，當然也不可以成爲例外。

黑謊一旦出了岔子，說謊者在信用銀行所開的戶口就會結束。

說黑謊更像織繭：絲吐得越多，越容易把自己綑綁。「誠實是上策」（Honesty is the best policy）這句西諺，在複雜紛繁、勾心鬪角的今日仍用得著。武俠小說裏有「拙勝巧，無招勝有招」的說法。在現實世界中，也是無謊勝有謊的。有謊，就有破綻；無謊，就無懈可擊；而且你可以把照顧謊言的時間拿來睡覺。

一九八七年五月十日・多倫多

盛夏過後

大約是三十歲左右，發覺自己對季節的態度有了顯著的變化。以前，最喜歡的季節是夏。那時候嗜水如命，寒潮剛退，就會跑到海灘去游泳、曬太陽。整個夏季，只要逢上假期，就與金陽、白沙、藍海、藍天爲伍。哪一個週末或星期天，如果因事要呆在家裏，我就會感到十二分的不快樂，一如錯過了漢天子封禪的司馬談。

可是，不知爲甚麼，後來竟漸漸喜歡了秋天。以前，最不喜歡夏盡秋來。暑期結束，海灘的人跡漸稀時，我對殘夏就會有依依不捨的感覺。到時序進入了仲秋，西風寂寥地吹著海水，拍起空闊而落寞的濤聲，我仍會在沙灘上徜徉，追悼那早已逝去的季節。由於我喜歡夏，於是也就不喜歡把夏逼走的秋。但到了三十歲前後，不知是因爲年紀大了，還是因爲別的緣故，我的感情竟從夏天移到了金風拂桂的季節。這時，我仍然喜歡夏，仍不時到海灘去游泳、曬太陽，但眞正得寵的已經是秋。在高天、明海、淨山中坐在中文大學的山頂縱覽馬鞍山、八仙嶺，我發覺去海灘的衝動已漸漸減弱，發覺自己已經由動境進入了靜境。

這種變化，對日常生活也有重大的影響。以前，我並不介意在晚上外出；不但不介意，而且喜歡。卽使在嚴冬，我每星期仍有兩三個晚上到老遠的夜校唸書或敎書，到深夜才回家也不以爲苦。如果有甚麼應酬、聚會，那更是求之不得。可是，自從我喜歡上秋天，對晚上外出這類活動已不再感到興趣；敎夜校、唸夜校的衝勁也隨著減弱。至於聚會，我仍然參加；共聚的如果是要好的朋友，更常常酒逢知己，談到長河漸落，吐露港的漁火闌珊仍毫無倦意。不過這是例外；一般的聚會是大大減少了。

晚上，我喜歡留在家裏，不必穿襯衫、繫領帶，只穿寬鬆的睡衣，吃普通的晚飯。晚飯雖然普通，我覺得飯桌上的萵苣清湯不會遜色於上等魚翅。吃完了晚飯，我會斟一杯清茶，在沙發上半坐半臥，品嚐那一絲絲的甘冽。正襟危坐之苦，古籍早有記載。爲了獲取補償，古人乃有「箕踞」這種坐姿。現代人有了沙發，不必箕踞，懶洋洋地靠在鬆軟的墊子上就夠舒服的了。

在呷茶的同時，我會扭開收音機，聽聽世界新聞；或扭開唱機，聽自己愛聽的音樂；或者新聞和音樂都不聽，只聽蟲聲；並且讓浮上陽臺的玉蘭花香輕觸我的頭髮和頸項。然後，我會在淡黃的燈光下看幾頁《資治通鑑》，讀幾首宋詞或元曲，充分地體會靜境之樂。這麼充實、這麼寧靜的夜晚，又豈是外面的喧嘩和擾攘所能比擬的？

一九八七年五月十一日・多倫多

應酬

叫我由衷佩服的人很多；喜歡手握鷄尾酒杯，在人叢中穿挿如游魚，而又自得其樂的，是其中一種。

置身於這類典型的應酬場合裏，首先要有堅強的耳朶。不然，你就抵擋不住羊咩、猿啼、鶴唳、馬嘶般的笑聲和彼此碰撞、推搡的話聲。聲學家認爲，最動聽、最悅耳的樂器是人聲，鋼琴、小提琴、洋琴都要屈居其下。不過聲學家指的是和諧而有秩序的獨唱或合唱。正如羅馬人所說：「最好的事物一旦腐敗，就最可怕。」人聲在有限的空間爭先恐後，互相傾軋，就證明古羅馬的人沒說錯。最美妙的歌聲和最難抵受的噪音，都來自人的喉嚨。

過了聽覺這一關，你還得學習向敵人微笑，與敵人握手。站在你面前的人，曾經暗算過你，弄得你好慘，你仍得把他當作闊別多年的老友。

迎面而來的卽使不是敵人，你也不會太舒服的。他問你叫甚麼名字，你雖然明明知道，他一轉身就會忘記一切，你仍得必恭必敬地稟告。有時候，你即使說自己是希特勒，也會看見面前的人一邊點頭，一邊說：「久仰，久仰！」的。

在應酬場合中，你當然要包容面前的人，陪笑著聽他言不由衷，而你自己也要說許多不願說的話。語言學家認爲，「今天天氣眞好」一類話語，只有交際功能(phatic function)，沒有甚麼意義。在應酬場合中，這類話要大講特講。維克托・古森 (Victor Cousin) 說過：「我們要爲宗敎而宗敎，爲道德而道德，爲藝術而藝術 (Il faut de la religion pour la religion, de la morale pour la morale, de l'art pour l'art)。」在應酬場合中，你還得把這句名言的精神擴而充之：「爲說話而說話。」冰心小時候曾問母親爲甚麼愛她。她的母親說：「不爲什麼，只因爲你是我的女兒。」在應酬場合中，如果噪音問在場的士女：「你爲甚麼發我？」相信他們也只能說類似的話：「不爲甚麼，只因爲你是聲音。」你這樣無所爲而爲，不到三十分鐘，就會頭昏腦漲的了。

在應酬場合中，你雖然在聽廢話，說廢話，但爲了避免得罪人，你還是要聚精會神，命令身體所有的神經末梢豎起，進入戒備狀態的。聽廢話固然要專心，說廢話時也大意不得。不該說時說了，該說時不說，都會闖禍。對方循例對你說一兩句恭維的話，如果你太疲倦，或一時分神，沒有說一兩句「不敢當」或「哪裏！哪裏！」，你自以爲了不起的形象就會不脛而走。你說完了「不敢當」或「哪裏！哪裏！」，如果對方說：「眞的」（雖然你不會把這個「眞」字當眞），你還得繼續和他打排球。這類遊戲所花的時間，有時會長達數分鐘，可以和爭付帳、讓坐位、在電梯門口推搡等場面媲美。

聽廢話、說廢話時，還得互相呼應，不可掉以輕心。有一次，和一個人在應酬場合中相逢。打了一會應酬排球，已經疲倦不堪。於是，聽見對方發高論時，只顧禮貌而機械地重複著：「對啊，對啊。」不料第三個「對啊」剛出口，那人已勃然變色，黑著臉走開了；此後見了我也不再打招呼。

那人拂袖而去之前，所說的話是：「我這個大笨蛋……」

一九八七年五月十一日・多倫多

安大略的秋葉

亞熱帶的葉子，終年皆綠，即使有一部分在秋、冬變黃、變褐，也影響不了全局；置身其間，如諦聽一首全是田園音色的歌：聲調柔美，可惜變化不足。二三十年來一直住在香港，所見的葉子就是如此。

在香港以北二三千里，葉子的歌聲無疑有四季的抑揚；但很可惜，這麼美妙的旋律，三十多年來一直無緣聆聽。我久聞香山紅葉之美，可是，一九七七年在華山夏水徜徉時，醇秋的柔金還未從藍穹下瀉，結果也聽不到紅葉之歌。

眞正聽萬葉海嘯山呼，是在一九八五年的秋天。那年，因爲有將近六個月的長假，整個秋天都在安大略度過，所以有機會觀察萬葉的小變以至大變。

說到這裏，得改用視覺意象了。

安大略省的緯度，和中國的東三省相埒。從亞熱帶來到這樣的地方，彷彿從霓虹燈閃耀的大城市走到了荒郊。在污染全無的夜空中，衆星刹那間如絢爛奪目的光海直覆而來。

那天，是第一次送兒子到托兒所去。大清早從唐人街乘電車到登打士地車站，再乘地車北行，在勞倫斯站下車改乘公共汽車，沿勞倫斯大街東馳，到了約克大學格蘭頓分校北轉，一入灣景大道，我的眼睛突然變成了歸墟，只覺滾滾的紅濤挾排山倒海的力量覆過來。在這一刹那的撞擊下，我像一葉小小的星槎，航行間捲入了天河的大漩渦，完全迷失了方向。在我的視域內，多恩河谷的楓樹，正以燎天之勢漫山遍野地滾向遠方，一發不可收拾。那炙眸的艷紅，亮得叫人目眩，叫人怦然心悸，叫人在車上忍不住要驚呼。在肅爽的秋氣中，天空本來藍得清脆鏗鏘，這時卻彷彿被燒著了。分神間，眼前熊熊的大火已滾成了晚霞，翻騰著，起伏跌宕著佔據了西邊的天宇；再一分神，晚霞滙成了赬雲，在東邊遼闊的穹蒼舒卷。而我，也驀地變成了謫仙，在清晨辭別了白帝城，穿過彩雲，乘飛舟直馳千里之外。

我定了神，向河谷兩邊俯眺，驚喜仍沒有退減。眼前億億兆兆的楓葉，在朝陽下哪裏是葉子？簡直是一片片透明的光玻璃，裏面紅欲欲滴，如液體瑪瑙奔流過億億兆兆條透明的脈絡。這麼光亮、這麼大規模的艷紅，康斯太布爾該用多少顏料才繪得出？

和兒子下車後，向托兒所走去。踏過草地，穿過蘋果樹前行，然後向右邊一拐彎，眼前又是紅光一亮。一定神，見一棵五六丈高的紅花槭頂天而立，紅葉映著藍空，顯得分外鮮明，朝陽的萬道金芒從後面射過來，都穿葉欲出；灰色的樹幹，在紅光的沐浴下也亮了起來。

這一天，我接受了楓葉的洗禮；過去在旅遊雜誌和文學作品中得到的知識，終於成了具體的經驗。

嚴格說來，只有楓香樹（Liquidambar formosana）才能稱爲楓樹，但槭屬植物一般亦稱楓。至於古代詩詞中的楓，更泛指秋令紅葉的植物了。給我洗禮的，既有楓香樹，也有一般的槭屬植物。

安大略的葉子，在春夏兩季是萬綠叢；到了秋天，這些葉子就成了巨大的調色碟潑落大地的斑斕。在城中的街上走，你已經看得見各色的葉子在公園，在路邊，在人家的門口隨風搖曳，以鮮紅、橘紅、赭褐、金黃肆無忌憚地彈著太陽鏗鏘的金弦。一出郊外，你更會叫億億萬兆的葉子完全征服。紅色、橘色、黃色的紅花槭、糖槭，淡黃色、褐色的美洲椵，紅色、黃色的樹唐棣，紅色、橘色的美洲鵝耳櫪，褐色、黃色的美國水青岡，黃色、橘色、紅色的檫木，紅色的膠皮楓香樹，暗紅色和褐色的黃櫟，紫色、黃色的美國白蠟樹，古銅色的鱗皮山核桃，純黃的美洲栗、齒葉榿木、北美鵝掌楸、銀杏、三角葉楊、黑糖槭、條紋槭、歐洲七葉樹、光葉山核桃、美洲鐵木、美洲金縷梅、歐洲落葉松，淡黃的大齒楊、銀槭、北美白樺，淨黃的歐鼠李，鮮黃的美加甜樺、加拿大黃樺，金黃的顫楊……在河谷，在平原，在斜坡，排山倒海地向你淹過來。你來不及驚呼，已經被滔天的琥珀濤和瑪瑙浪覆蓋。你驚魂甫定，縱眼遠眺，目光如慓疾的奔馬前竄，疲倦了仍竄不出葉海。你一凝神，驚疑間看見顫楊在無瑕的藍空下抖動著千千萬萬的金錢，黃澄澄地和金陽競艷。再凝神，金錢不再晃動，大地上流佈著一片瑩澈而醇和的澄黃。啊，是誰在無垠的秋穹下釀蜜？到你把視線從天邊收回，看見一株加拿大黃樺，鮮黃的葉子和銀灰的樹榦閃著柔光，才發覺在你眼前展現的並不是金錢，也不是蜜糖，而是安大略的秋葉。

絢爛究竟不能持久，安大略的萬樹變紅、變黃後不久，就會在肅殺的秋氣中簌簌飄落，最後剩下千千萬萬的乾椏禿杈，或灰，或褐，或灰褐，或黑，百無聊賴地撐著灰蒼蒼的天空。這時候，你走到公園或郊外，目睹秋之爲氣有這麼大的殺傷力，令大地的萬葉搖落，大概也會像古人一樣，感到愴怳懭悢的。

不過我初到安大略，還沒有閒暇去傷春悲秋；看見多倫多滿城的葉子在短短的三數星期內飄落淨盡，反而覺得新奇。

去年深秋的一個周末，彩華因爲要工作，不能照顧六歲大的兒子。於是由我負起保姆的責任，帶他到城西的海伊公園去。海伊公園的面積極大，有各種各樣的械樹和櫟樹。盛夏時，這些樹木或嫩綠，或深綠，或黃綠，層次分明。到了秋天，那綠濤盪漾的大海就開始變色。由於我初到多倫多，未有時間走遍整座公園，只在入口部分瀏覽過。那部分的槭樹不多，櫟樹卻遮天蔽日。秋氣一到，土耳其櫟的葉子就漸漸轉褐；黃櫟也變成暗紅色和褐色。在這兩種櫟樹中間，如果你仔細辨認，還找得到紅色或褐色的針櫟，以及褐色或深紅色的赤櫟。不過，在櫟叢中，你即使大意，也不會錯過猩紅櫟的；它那鮮紅的葉子，會熊熊如火舌舔著天空，把你的注意力全部攫去。

然而上面講的是初秋。我再度來到舊地，時序已屆秋末；滿園的葉子早已落盡，地面上全是黃褐、赭褐的櫟葉、銀杏葉、美國水青岡葉，足足有數寸那麼厚。附近的湖泊，夏天有無數的野鴨和海鷗出沒，這時卻一片死寂。至於遊人，也幾乎絕了跡。我和兒子在裏面走，遠遠只看見一個三十歲左右的男子，跟著他的黃狗走入林內，鞋子踩落枯葉時發出響亮的聲音，遙遙和我們這邊的踐葉聲呼應。

看見枯葉在眼前浩浩蕩蕩地向四方鋪去，我突然童心大發，俯身抱起一大堆落葉，舉到頭頂，然後撒落頭上、肩上。那沙沙的黃雨、褐雨，聽起來有爽潔鬆脆之感。六歲的兒子見父親這麼傻，不禁咯咯地笑了起來。於是，我教他也俯身，抱起一堆落葉向自己撒去。

和兒子玩耍了一會，想出了一個怪主意：叫兒子把落葉堆起，看他能否把我「活埋」。

兒子的身高還未能勝任這項「工作」，於是我叫他站著不動，讓我從四周把櫟葉、美國水青岡葉、銀杏葉、槭葉推到他身邊。不一會，落葉已堆到了他的胸膛。他感到新奇，又有點害怕，慌忙破葉而出，半喜半懼地笑了起來。於是我把他抱起，並且縱聲大笑；到落葉之上堆滿了另一種落葉——父子倆愉快的笑聲，我已忘掉了蕭瑟的秋意。

一九八七年五月二十二日・多倫多

祕密

要查出誰洩漏了你的祕密，不必找蘇格蘭場和聯邦調查局；你自己就是福爾摩斯。要緝捕這個犯人，這個罪魁，比甚麼都容易，因爲犯人或罪魁只有一個：你自己。

文學作品中有這樣的角色：心中有祕密無處發洩，於是挖一個洞，對著洞口傾訴。你是凡人，也有這樣的需要，是自然不過的。你不過是繭，無論多厚，終會叫祕密這條蠶咬穿的。蟄伏已久的蠶一旦破繭而出，就馬上會成爲蛾，鼓著翅膀飛遍天下。

「張三眞不道德；我把祕密告訴他之前，明明說過：『Between you and me』的。他洩漏了我的祕密，分明是出賣我！」

你平心靜氣一想，會發覺首先出賣你的，是你自己。祕密是你的親生子；你自己都不去照顧，怎能指望別人代勞呢？你要朋友做趙子龍，在百萬軍中保護你的阿斗，未免強人所難了。那麼，到「between you and me」的 you變成了複數，也只好怪你自己了。——而且，you 根本就可單可複嘛。把它當複數用，也完全合乎語法啊。

祕密的傳播永遠只有一條途徑：你把祕密放進不透光的信封裏，燒了火漆，在上面蓋了「絕密」的印，交給朋友。朋友並沒有辜負你的期望，看了你的祕密後，也把它放進不透光的信封裏，燒了火漆，蓋上兩個「絕密」的印，而且蓋印時比你更用力，因爲他對最堪信賴的朋友說了兩次「between you and me」，說時幾乎要提著他的耳朵。這樣可靠的朋友，去哪裏找呢？至於你的朋友的朋友，自然同樣可靠；不然，他把你的祕密託另一位朋友保管時，就不會說三次「between you and me」了。這樣看來，你的祕密並沒有洩漏；只不過是天下的人同心協力替你保管罷了。如果你是政要，保衞你的人越多，你就越安全。在珠寶展覽中，展覽品的價值永遠與守衞的人數成正比。那麼，爲你保管祕密的人越來越多，你應該感到高興才是。

你不以爲然，始終覺得朋友對不起你，否則你的祕密絕不會像燎原的星火，一發不可收拾。你如果這樣責備朋友，又忘記誰是罪魁了。首先點火的不是別人，是你自己啊！

你把祕密告訴最心腹的朋友，不但出賣了自己，而且犯了一廂情願的毛病。你滿以爲朋友聽了祕密後絕不會告訴第三者，因爲他是你最親密的心腹朋友。你沒有錯，這位朋友的確是你的心腹；可惜你只是他的脾胃；甚至連脾胃也不是，只是他的指甲。那麼，你既然有權向自己的心腹傾訴，又怎可以禁止朋友享受同樣的權利呢？即使你不是朋友的指甲，而眞正是他的心腹，在這位朋友的軌跡中，比你親密十倍、百倍的人還多著呢。

除了絕少的例外，如《三國演義》中的劉、關、張，在人與人的關係中，無論是同鄉、同學、同窗、同事、同工，甚至同袍，都比不上同牀那麼密切。世界上，有哪一個地方比棉被之內、枕頭之側更適宜吐露祕密呢？你是男子，日間與朋友一起歃過血。到了夜半無人私語時，躺在軟綿綿的席夢思之上，枕著軟綿綿的枕頭，你感到無比舒服，彷彿飲過忘川之水，枕著忘川之畔，日間一切激昂的誓言，就會恍恍惚惚，離開你的七孔八竅，如塵埃浮游於茫茫的星際。在你的意志最軟弱、警惕最鬆弛的剎那，你偏偏又看見世上最精美、最玲瓏的一枚貝殼，溫暖柔滑，在一綹綹烏亮的黑水藻中靜伏著，而且和你的鬢角相磨相抵。這時候，你還禁得住引誘嗎？於是，你的同事、同袍在日間告訴你的高度祕密，就浩浩湯湯，滔滔不絕，像大海倒入這枚晶瑩的貝殼。到水勢一大，貝殼就會成爲尾閭，來自千萬張嘴巴的祕密就會成爲河川；整個局面，只有《莊子・秋水》的描寫可以概括：「天下之水莫大於海，萬川歸之，不知何時止而不盈；尾閭泄之，不知何時已而不虛。」在〈秋水〉裏，莊子沒有告訴我們，大海的水瀉入了尾閭後有甚麼著落。因此這裏要稍加補充：海水流入了尾閭後，到了第二天，就會挾萬馬奔騰之勢湧向數十、數百、數千，乃至數不盡的尾閭。

你是女子，也不見得會守口如瓶。反之，你宣揚祕密的衝動會比男性大得多。男性要挖苦女性，常喜歡說這樣的笑話：「要傳播消息，最快捷的途徑有哪三種？答案是：拍電報、打電話、把消息告訴女子。」女子如何向同性朋友洩密，要有獨立的文章討論。這裏只說夫妻這條線路。在三更，屋外寂靜如海，你伏在寬闊而堅實的胸膛上，覺得緊貼著你的臉頰的，是天壇的回音壁。這時，你就會受一股不可抗拒的力量驅使，迷迷惘惘地對著頰下的回音壁說話。到過天壇的人都知道，要在回音壁之前保持緘默是何等困難。那麼，有女子把你的祕密向另一堵回音壁細訴，你怎可以深責呢？

《愚公移山》這則寓言告訴我們，愚公能夠移山，是因爲他會生子；子又有子，子又有孫；子子孫孫，無窮盡也。祕密能夠以燎原之勢傳播，也是這個道理。你把祕密告訴朋友，以爲萬無一失；不料友又有友，友又有子，友又有媳，媳又有母，母又有女，女又有夫，子媳母夫……無窮盡也。

不過，上帝對人類也的確仁慈。你的祕密已成了全世界的共同財產，大家嘁嘁喳喳，在背後談論你的聲音如「湯湯洪水方割，蕩蕩懷山襄陵，浩浩滔天」，你的耳朵仍清靜如禪院。於是，全世界的人都望著你暗笑，你仍保持一貫的尊嚴，若無其事地來去自如。美國的模特兒當娜·賴斯把自己與蓋瑞·哈特的祕密告訴了暱友；暱友把祕密向新聞界公佈以自高，算是例外。哈特如果不是這麼重要的人物；祕密卽使給當娜的好友傳了出去，大概也不會傳返他本人的耳朶。

能夠守祕密的人，當然還是有的。這些「反常」的人，聽了你的祕密後，會妥加保管，不向任何人洩漏。第三者千方百計要共享，他也會直截了當地說：「對不起，我答應了朋友，不向別人洩漏的。」這類「反常」的人，會視朋友的祕密爲朋友的財產，未經朋友同意，絕不會借給他人。此外，朋友說話時，卽使沒有說「between you and me」，他也會把朋友的話分類，恰到好處地爲朋友保密。這樣的人，有如可靠的銀行，你在裏面存了款，就可以高枕無憂。有這樣的朋友，你會感到欣幸，感到絕對的安全；和他們在一起，甚麼事情都可以傾訴。

不過能夠守祕密的人畢竟是少數。在全世界四十多億人之中，守祕是殊態，洩祕才是常態。莎士比亞在《麥克貝斯》裏說過：「清白的心境是最柔軟的枕頭。」你把祕密告訴朋友，無異把一大塊石頭壓在他的心上，是你對他不起。他爲了找一個柔軟的枕頭好好地睡一覺，把你的石頭交給別人，你怎能怪他？

《新約聖經》教導我們：「別讓你的左手知道右手做甚麼。」你把祕密告訴朋友時，也應該有同樣的精神：別讓你的上唇知道下唇說甚麼。你吐露祕密時，得像善長仁翁做善事，隨時準備讓祕密普濟天下之舌，不應該斤斤計較；或者像善男信女，印刷勸善的書籍，到處贈閱以普度衆生時，在版權頁印上「歡迎翻印，以廣流傳」八個字；否則，你就永遠享受不到傾訴之樂，永遠要忍受祕密的折磨了。

一九八七年六月八日・多倫多

夏雪

兒子的人中一帶已揉紅了，鼻涕仍沒有停止的意思。以爲他患傷風；帶他去看醫生，才知道是花粉熱。

兒子的鼻涕未乾，內子的眼淚已經有奪眶而出之勢。也是花粉熱。內子爲了防微杜漸，馬上向眼睛和鼻子滴藥水，頗像消防員執著滅火器對付燎原前的星火。

我說燎原，並沒有誇張。每年到了六月左右，花粉熱就會席捲加拿大，許多人的眼睛和鼻子就會難過不堪。這時，醫生會叫大家睡眠時關窗，避免吸入花粉。

不知是因爲初到北美，還是因爲生就一副賤軀，家人和許多朋友都已經涕洟不絕，花粉熱還沒有找我麻煩。內子見我過分自負，笑著說：「慢得意；在這裏住上一段時間，花粉熱就會光顧你了。」

內子的話也許說得對；但倒下之前，我仍可以充充好漢。於是，許多人在走避花粉時，我像一隻蝴蝶，翩翩蹁蹁，飄入了花粉深處。結果，我飽覽了從未見過的奇景。

五月的最後幾天，多倫多的街道疏疏落落地出現了一些白絮。起先，我以爲是蒲公英；後來見白絮從高處飄下，就伸手撈了一球，發覺並不是蒲公英。蒲公英的白絨球一經風吹，就分散如柔毳，飄蕩在空中；這些白絮卻不分散，在空中停留的時間也比蒲公英長。跟著的幾天，空中的白絮越來越多。患過花粉熱的人見了，會不期然想起和白絮同時出現的花粉，大概沒有心情欣賞了。我初到多倫多，未領教過花粉的厲害，所以只覺眼前的景象新奇。

多倫多的城市規劃極佳；卽使在市區，你也到處看得見樹木。楓樹是加拿大的「國樹」，是不用說的了；其餘如橡樹、歐洲七葉樹、蘋果樹、櫻桃、鵝耳櫪、鼠李、椴樹、榆樹、朴樹、山毛櫸、樺樹、楊樹、白蠟樹、山楂、榿木、榛木……也蓊蓊鬱鬱地佈滿了公園、路旁、河谷、斜坡，和許多人家的屋前屋後。

八六年來加拿大後，一直住在多倫多市區的東部。這一帶的樹木沒有別的地區多，但也蒼翠得像座樹林；所有人家的後院，都搖曳著楓樹、楊樹、山毛櫸、蘋果樹……我們住的是一所陳舊的房子，在北美，應該屬耄耋建築了，但仍然給我許多喜悅。光是屋前那幅十呎見方的草地，已經很不錯；何況屋後還有一棵山核桃、兩株山茱萸呢。至於鄰居和另一條街的後院，更是萬綠撐天；卜居其中，並沒有置身市區的感覺。這樣的地方，正好讓我觀賞多倫多的奇景。

六月一日早上，正在厨房裏伏案工作；偶一仰首，見窗外一片澄藍，嫩綠的葉子在朝陽的映照下，鮮亮得近乎透明。光是這樣的景色，已經叫我心癢了；偏偏這時候又看見一片片的雪瓣在空中飄。

「咦，夏天怎麼會降雪呢？」這念頭剛在腦裏掠過，我就從錯覺的世界返回了現實。這不是雪；只是從樹上飄下來的白絮罷了。

可是從室內望出去，白絮的確像雪瓣；那麼溫柔，那麼皎潔，無聲無息地在太虛浮著，飄著，搖曳著向左右款擺，下滑；好久好久，才輕如無物，降落葉面、柵欄，虛無縹緲地蜷伏在那裏，若有若無，像一球球迷離的綺思，從春夢的水涘漂來，漂進初夏的疆土，在溫暖的海湄停泊。

面對這樣的奇景，我再也不能工作下去了。於是站了起來，從橫門走出後院。

一出後院，我登時呆住了。

在我的南邊，是發亮的藍空，初夏的太陽像一朵碩大的鬱金香在東邊盛放。南風從安大略湖吹來，帶著水藍吹入遼闊的安大略平原。映著南天的，是一棵棵參天的樹木。在這些樹木的深處，飄出億億兆兆的白絮，彷彿有人在裏面把整個冬天的雪瓣堆了起來，此刻才全部傾出。

說眼前的奇景是冬雪，還不能盡道其美。冬天的雪花雖然輕柔，通常卻只會從上而下；如非遇到強風，在空中款擺或飄蕩的時間也不會太長；只要伸手，它就會飄落你的掌上。可是在我眼前的白絮，比冬天的雪瓣要輕得多；從深樹飄出，就像嘆息逸自水仙的柔唇，不著邊際地浮游於天地之間，在和風中久久都不著地；不但不著地，而且向前後、向左右無聲滑翔，然後再冉冉升起，綽約而又輕柔，如縠，如霧，氤氤，氳氳，帶著太初的神祕，觸著了葉尖又柔柔彈起，返回無色無垢的空間，成爲光球，在太陽的金弦上無聲跳躍，傾側，綏旋。

我伸出手去，想捉住一瓣夏雪；不料手掌一舉起，那瓣雪已因空氣的晃動從掌側溜掉。於是，我用兩手去撈，也由於太用力，把浮漾的夏雪「嚇」走。到了第三次，我小心翼翼，張開兩掌去攏，才捉到了一縷虛無縹緲的嘆息。那是棉絮般的白纖維，十分柔軟，中間包著一粒很小的種子。由於手頭沒有植物學的書，附近又沒有人可以請教，所以不知道是楊花還是木棉，還是其他聞所未聞的飛絮。

我見白纖維無從辨認，就把它放回空中。然後仰望……啊！整個天空都是這些奇幻的東西。它們浩浩蕩蕩，從南邊的樹林飄來，飄過我的身邊、頭頂，向附近的房子、馬路進發，最後飄滿多倫多整座城市，飄滿整個安大略，把億億兆兆的種子帶回大地，等一場暖雨過後，萌發億億兆兆的生機。

出神間，我看見億億兆兆的飛絮飄蕩著越升越高，高出樹梢，高出雲霄，浮游過天琴座縹緲而去，最後在深不可測的星際，聚成星雲，恍恍惚惚，發著幽邈的清輝，成為一切生命的起源。

一九八七年六月十二日・多倫多

無華超級商場

推著購物車和兒子在一列列的貨物中間前進，一心要找自己喜歡吃的鬆餅。不料到了熟悉的陳列架前，發覺上面空空如也；周圍商品的數量，也只有平時的兩三成。

「咦，要重新裝修嗎？」我心中暗忖。

我此來的目的，是購買鬆餅。這時見架上沒有了鬆餅，許多貨品又不知所終，草草買了點別的東西，就推著車子到櫃臺排隊準備付帳。

輪到我的時候，我問收款的女孩子：「你們要裝修嗎？」

「不；是關門。」收款員一邊計數，一邊回答。

「暫時的？」

「是結束營業。」

甚麼？結束營業？我爲之一愣。

這是家超級商場，英文名字叫 No Frills，位於我們附近的街上。去年九月到加拿大後，家裏的食品和雜物大都在這裏購買的。英語有一句話，叫 You are what you eat，可以譯爲「你由所吃的食物而來」。我在多倫多住了八個月，舊我因新陳代謝的關係，可能早已返回了大化；此刻立在櫃臺前的一百四十磅凡俗之軀，豈不是全由這家超級商場賦形？八個月來，這家超級商場長我育我；我此刻在口袋裏掏鈔票的每一隻手指，就是店裏的麵包、乳酪、火腿、香蕉、葡萄！現在商店要結束，我雖然不必像哪吒那樣，把形相還給托塔天王李靖，卻也捨不得這位「生父」。

我初到這家超級商場購物時，不大明白店名的意思。於是向店員請教，才知道所謂 No Frills，是儘量減少裝潢，使貨物的成本降到最低，讓顧客直接受惠。於是，我稱這家超級商場爲「無華」。

無華是名副其實的：舖面沒有甚麼特別的裝修，可以說簡單得不能再簡單了。每天，櫥窗都懸出幾塊特大的木板，介紹當日的重點貨物。這些木板會告訴你，馬鈴薯、蘋果、香蕉多少錢一磅；洗衣粉多少錢一盒；冰淇淋多少錢一桶……商場的內部也是「粗服亂頭」：購物時，你看得見天花板的鐵架，白色的日光燈毫不掩飾地瀉落所有的貨物。在某些肉店裏，老闆爲了招徠顧客，會用燈光把貨品照紅，彷彿每一塊肉，仍沾著鮮血。無華超級商場不會這樣欺騙你；裏面的肉食是慘白還是嫩紅，你一眼就看得出，不必像精明的家庭主婦那樣，拿著店內的肉，就著門口的日光細察。

無華超級商場所賣的東西特別便宜。商店在裝修、裝潢兩方面削減了成本，貨品的價格已經頗低了；但無華商場更進一步，常出售沒有牌子的貨品。貨品沒有牌子，顧客就不必付廣告費。你花錢買一罐可樂，充其量只有三分之一的錢能夠喝進肚子裏。餘下的三分之二，一半用來買那個精美的鋁罐——把它丟進廢物箱中；另一半用來供養廣告撰稿員、攝影師、模特兒，負擔報紙、雜誌、電視臺的開支。要喝汽水，當然不應該如此小氣吝嗇的；但有時候如果你要節省開支，買無牌的貨品也不失爲好辦法。舉例來說，質地相同的衞生紙，有牌的比無牌的貴一倍。

無華超級商場的便宜貨當然不止衞生紙一種。我經常購買的，有不加糖的蘋果汁，九角多錢就可以買到一罐，每罐可喝數天；有每天早餐不可少的鬆餅，一元三角九分一盒，每盒四個，可吃四天。至於乳酪、牛奶、麵包、蔬菜、水果、花生、鷄蛋……是全家的生命所繫，自然也在購買之列了。

來加拿大後，由於彩華太忙，我這個寵壞了的人也開始學習家政，帶兒子到超級商場購物。不管是週日還是週末，也不管是下雪或是天晴，帶著六歲大的兒子進無華超級商場，推著購物車在裏面一起選購東西，竟也自得其樂。商場的顧客不太多，沒有擁擠碰撞之虞；在裏面徘徊，在裏面東張西望、左顧右盼都可以十分從容。

來加拿大之前，由於無須到市場買菜，對大自然的認識僅止於「口到」；母親或彩華把各種菜蔬煮好，端到飯桌上，我才施施然離開書本或稿紙，走到飯桌前，理所當然地坐下來，然後舉筷大嚼。來加後，對於各種菜蔬，我除了「口到」外還實行「眼到」、「手到」；不然就挑不到新鮮的卷心菜、椰菜、胡蘿蔔、芹菜……經過「眼到」、「手到」後，我和各種菜蔬建立了親切的關係，結果「口到」之樂也大大增加。於是我這樣想：有錢人上館子，要吃甚麼就有甚麼；農夫要吃白菜或蒿苣，也得自己播種、灌溉、除草、施肥。兩個人一起吃白菜或蒿苣時，哪一個更快樂呢？許多有錢人要不斷換口味，終年駕著車子尋覓新開張的菜館；聽到哪一家有新到的果子狸或猴子腦，就呼朋引類，開動好幾輛豪華汽車撲到幾十里外；結果仍常常嘆這種菜「鑊氣」不足，那種菜火候未到。由此看來，他們已失去了健康而正常的食欲，到了老子所謂的「口爽」地步，要永無休止地給味蕾找新刺激了。這樣的老饕，不見得比農夫快樂。於是，我就覺得，到超級商場買菜而胃口大增，實在是難得的機緣。

「十六元三角。」收款員的聲音驚醒了我。

我付了錢，把貨品放進塑料袋裏，然後把最輕的一袋遞給兒子，一起出門，步行回家。想到這是在無華超級商場購物的最後一次，竟覺得和兒子一起提著貨物在街上走，也是莫大的樂趣。

一九八七年六月十六日・多倫多

多倫多人的脾氣

電話的鈴聲響了，我拿起聽筒。

是一個男人，英語有很重的口音，顯然不是地道的多倫多人。

「是多倫多公車局嗎？」那男人問。

「不，是多倫多某某公司。」我說。

「該死（Damn it）！」那男人詛咒完畢，就把電話掛斷了。

「這個人眞可惡！自己撥錯了電話，不但不說『對不起』，還這樣無禮。」我心中眞有「此可忍，孰不可忍」的感覺。

誠然，在這個莽漢的詛咒中，賓語是中性的第三人稱代名詞，我個人並沒有被那四個粗重響亮的字母打傷。但好好的耳朵，無緣無故遭這個傖夫侵犯，也的確倒霉。

如果我是剛到多倫多的遊客，遇到這樣沒教養的人，一定覺得城中的人脾氣壞透。還好，我在多倫多已住了九個月，不至於因個別的例外而以偏概全。

多倫多的居民是人；是人，自然不會十全十美；至於良中有莠，更是所有城市都不能免的。因此，香港或臺灣的朋友如果倒霉，偶爾也會有盲塞無知的洋人罵他：「你來這裏幹嗎？怎麼不滾回香港（臺灣）去？」

但這樣的人肯定只佔絕少數；絕大多數的多倫多人，都是溫文友善的。他們不但有禮貌，而且有耐性。你打錯了電話，接聽的一方是不會生氣的，更不會說：「這是棺材鋪！」你說「對不起」，他會還你一句「不要緊」；有的說完了「不要緊」之後，還會加上一句「再會」。你打電話到各大公司或政府部門詢問問題，接電話的都會耐心地答覆你，或介紹你去問有關的機構和部門。回答時顯得不耐煩的不是沒有，但肯定不多。因此，在多倫多，靠撥電話——甚至上門造訪——而找到工作的，也大有人在。

就我到過的城市而言，論市民的涵養，多倫多不拿冠軍也會拿亞軍。在好幾個場合中，我都有這樣的感覺。

以一九八六年十二月三十一日的一個集會爲例吧。那天晚上，成千上萬的人如海潮湧到大會堂前面的廣場；都爲了在鐘樓旁邊守歲，並迎接新的一年降臨。他們把廣場擠得水洩不通，在震耳的搖滾樂和色彩變幻的燈光中，盎格魯撒克遜裔的年輕人雖然興奮，且跟著音樂的節奏晃動、鼓掌，隨變幻的色彩呼叫，但是都守秩序。我和內子的一家夾在人叢中，舉目四顧，一時不見有別的華人，只看見盎格魯撒克遜後裔的人牆。於是我開玩笑說：「現在如果別有用心的人挑起反華運動，我們就完蛋了。」因爲我知道，人這種動物一旦聚集起來，就會成爲易燃的汽油，野心家擦一根「種族仇恨」或「階級鬪爭」火柴廠出品的火柴，一點即著，煽起可怕的大火。有時，即使沒有野心家，只要有一點點的觸媒，人羣也很容易變成暴民的。球迷之所以有暴動，就是這個道理。然而多倫多的燃點並沒有那麼低。幾個鐘頭的聚會中，警察和救護車都用不著。盛會結束，地上只留下一些破碎的啤酒瓶——合情合理的宣洩。在燃點低的地方，羣衆早已變成酒神巴克斯的女祭司了；即使不把童男活剝生吞，也會成爲一股可怕的破壞力。以巴西的嘉年華會爲例，在狂歡中受傷、死亡，也是稀鬆平常的事。

在多倫多乘電車，也可以看到多倫多人的脾氣。在下班的時間，市中心有幾個站特別擁擠。可是，乘客擠得連車門也關不上時，司機也不會生氣，只是用慢板唱著：「請立即上車，立即上車（Right up please. Right up）……」碰到這樣的情形，香港的司機已經有充分的理由向乘客咆哮了。至少，他可以攤開雙手，嚷著說：「你們叫我怎麼開車呢？」或者索性離開司機座位，賭氣說：「你們做司機好了！」我這樣比較，可能不太公平，因爲多倫多公共車輛的司機，每月所賺的薪水和副教授所賺的差不多。待遇的厚薄，和員工脾氣的好壞往往成正比。但無論如何，多倫多公共汽車和電車的司機，的確值得稱道。乘車的人從遠處奔跑而來，司機會等他；老人或傷殘人士上車下車有困難，司機會離座去攙扶；年輕的婦女推著嬰兒車而至，他們會主動去擡。也許是這個緣故吧，多年來，多倫多的公共交通服務一直獲選爲北美之冠。

衡量一個人脾氣的好壞，最佳的方法是看他生氣，看他吵架。也許有人認爲我的話有語病；他們會說：「脾氣眞正好的人是不生氣，不吵架的。」不過，在現實世界中，絕對不生氣、不吵架的人，像絕對零度一樣難得。賢如孔子，也會罵原壤「老而不孫弟，長而無述焉，老而不死，是爲賊。」然後「以杖叩其脛」；聖如耶穌，也會詛咒樹木。佛祖以平和著稱，但香港人也常常說：「佛都有火。」可見血肉之軀，總會有一點點的火氣；就像天下所有的物質，到了攝氏零下二七三·一五九九度，仍會有熱量一樣。

那麼，看一個人生氣、吵架，正可以看他的發火點有多高；看使他發火的是大事還是小事，還是比小事還要小的小小事。我們經常聽人提到朋友或同事時這樣說：「爲這樣的小事光火，眞沒道理！」他們說這句話，是因爲忘了人的發火點有高低之分。

你如果在意大利住過一段時間，然後來多倫多，就會發覺拉丁民族和盎格魯撒克遜人的後裔有很大的分別。以開車的人爲例。在羅馬，你可以從橫衝直撞的汽車看得出開車人的脾氣。你在街上走，如果看見兩輛朝相反方向的汽車突然停下，司機從裏面探出頭來，在大街的中心展開罵戰，也不要感到驚奇。在意大利，這不是甚麼罕見的現象。一九八〇年，我到翡冷翠唸書，抵達目的地後，先到天主教會辦的一所宿舍找房間，主管說沒有。守門人見我彷徨，乃仗義開車，帶我到外面找住宿的地方。車子約莫開了數百尺，守門人突然把它煞停，探首窗外，指著在另一邊停下來的車大罵。說時遲，那時快，在別一邊急停的汽車，也早已有一個頭、一隻手伸出來迎戰。兩張活力十足的嘴，就這樣各據馬路分界線的一邊，像導彈發射臺，向對方發射最強力的導彈。我到翡冷翠的目的之一，是進修意大利文。想不到未正式上課，就聽到如此傳神、如此辛辣、如此地道的意大利語，不禁有「耳界」大開之感；因爲我學到的詞彙，老師和書本都不敎的。

我身邊的朋友射完了火力威猛的近程導彈，就把發射臺收回，彷彿甚麼事都沒有發生過，繼續談笑風生。我以爲戰事已息，於是專心致志地和他傾談。不料剛進入另一條大街，又見他突然煞車，探頭窗外，和另一位同胞鏖戰了。於是，我驀然醒悟，但丁時期的翡冷翠爲甚麼有那麼激烈的黨爭。我眼前的兩位仁兄，如果活在但丁時代，不是也會加入敎皇派或皇帝派嗎？意大利人的發火點低，但降溫的速度也快。至於我身邊的朋友，不僅具備這兩個特點，而且還以吵架爲樂。他開車外出，可說是一舉兩得：既替我尋房子，也替他自己尋釁。多倫多人的發火點可沒有這麼低。他們鮮會在街上吵架；即使吵，也不像意大利人那麼有看頭，有聽頭。

八六年冬天的一個下午，我乘電車往市中心。電車開出後不久，在另一個站停下來，一個年約六十的男子和一個年齡差不多的女子上車。司機等電車門關上後就開車，並踩動加速器踏板。由於電車的加速器靈敏，輕輕一觸，速度就增加得很快。所以乘客一上車，就得緊握扶手，不然就會踉蹌跌倒。剛上車的老婦身材肥胖，行動不太靈活；電車開動時來不及握扶手，竟砰的一聲，摔在地上，呻吟著爬不起來。於是，我趕快走上去，花了點氣力，把她扶起。司機見老婦跌倒，也走了過來，問她有沒有受傷，然後下車打電話找救護車。那老年男子，見同伴跌得這麼重，等司機打完電話回來，就指責他加速得太快。

「這不是我的錯啊。乘客上車，都應該緊握扶手嘛。」司機抗辯說。

「應該慢點嘛！」老年男子的怒氣未消。

「所有的電車都是這樣加速的。」

老年男子不理會司機的解釋，繼續指責。

「先生，你眞不講理（Sir, you are unreasonable）！」司機也光火了。

「我才講理（I am not）！」

「你不講理（You are）！」

你聽，這是吵架嗎？這簡直是大學裏面的學術研討會了。——不，許多學術研討會也沒有這麼溫柔敦厚。因爲好些學者，涵養之差，會叫人皺眉。他們既會發動人身攻擊，也會破口大罵，不見得受過甚麼詩教。如果職業有貴賤之分，如果學者比司機高貴，那麼，這些學者是要和司機換位的。

我下了車，眞不知道自己置身於二十世紀，還是返回了耕者讓畔的時代。在二十世紀，哪裏還有人先叫一聲「先生」，然後才吵架的呢？在別的城市裏，吵架的人如果說英語，恐怕早已把一串串由四個字母組成的字，像集束炸彈那樣向敵人猛擲了。

後來，在另一輛電車上又看到了「吵架」場面。電車轉彎時停了下來。一輛計程車停在旁邊，司機走了出來，仰首質問電車司機：「你沒有問題吧（Anything wrong with you）？」

「我沒有問題，絕對沒有問題（I am all right. I am perfectly all right）。」電車司機用慢板回答。說完，兩個人就開車「告別」了。如果我不看他們的神情，一定以爲兩個老友在街上相遇，甲向乙問好，乙請甲放心，叫他不必掛念。

以前聽人說，中國某些城市的人，聊天像吵架；另一些城市的人，吵架像聊天。上述的多倫多人，屬「吵架像聊天」一類。

來了多倫多後，一直嫌多倫多人辦事太慢。我個人的工作效率，不知是高還是低；不過我在香港時，工作的節奏一直是快板（allegro）、急板（presto），有時甚至是最急板（prestissimo）。八〇年到意大利，與喜歡緩板（lento）和最緩板（largo）的意大利人周旋，處處有急驚風遇著慢郎中之嘆。多倫多人沒有意大利人那麼慢，可是我仍然不習慣他們的慢板（adagio）、行板（andante）。在多倫多，要找中板（moderato）和稍快板（allegretto）已經不易，更遑論我一向喜歡的快板和急板了。（加拿大的郵差彷彿要助我一臂，證明我在清心直說，並無虛言，此刻剛開始全國性的大罷工，要我的稿子以最慢板磨蹭到編輯的手上。）

不過，利弊禍福往往是相參相倚的。以開車爲例，你的車子開得越快，失事的機會越高。工作的速度和人的脾氣也有類似的關係；通常，你的節奏越快，脾氣也就越壞。我們說「急躁」，說「緩和」，就已經承認急者易躁、緩者能和的道理了。人既不能既急且和，不能既吃餅又留餅，那麼，我也不知道兩種生活方式之中，該選哪一種了。

一九八七年六月十七日・多倫多

居無書

離開香港時，五十七箱東西之中，有四十八箱是書。搬書、擡書的經驗太可怕了，想起來猶有餘悸；覺得西西弗斯所受的刑罰，不是推石上山，而是搬書擡書。受了這麼可怕的刑罰才來到多倫多，按理是應該苦盡甘來，好好地享受這幾十箱中外書籍的。可是我沒有這麼幸運。

我們住的房子不大，如果把四十八箱書籍全搬進來，一家人勢必要搬進風雪裡。我雖然愛書，卻也不至於狂熱到這個地步。而且，加拿大有九百九十六萬平方公里的冰雪，足以把任何書癡的狂熱像火花一樣潑熄，怎容我放肆？

於是，我首次嚐到居無書的滋味。

初到多倫多的幾個星期，未能聯絡上搬運公司，家中連參考書也沒有一本。那時我趕著寫一篇短評討論聯合國，要知道國際聯盟的成立日期；由於手頭無書，竟要乘三、四十分鐘的電車，到唐人街的中文書店去翻查。

這種短期的不便，是任何搬家的人都要忍受的，不值得大驚小怪。不過我的不便，可不是那麼短期。由於房子不大，聯絡上搬運公司後，我只能領取那幾箱工具書；其餘的中外書籍，從去年九月到現在，一直放在搬運公司的倉庫裡。

十個月來，一直爲俗務奔波，能坐下來從容地看書的時間幾乎等於零；身邊沒有書，其實也無所謂。眞正感到不便，是稿紙在桌、原子筆在手的時候。離港前，正在寫歐洲遊記，同時翻譯但丁的《地獄》。到了多倫多，歐洲的資料和《地獄》都不在身邊，只好改變戰略：遊記暫時不寫，有空就譯《煉獄》，寫散文、寫詩。在某一程度上，問題的確解決了。在旅途倥偬、東西游走的日子裡，搞創作的人比學者幸運。學者要寫出一篇有分量的學術論文，非有充足的參考書不可。搞創作的有充足的參考書固然好；沒有充足的參考書，也可以天馬行空。杜甫的許多好詩，都是作者入蜀途中寫成。

不過，身邊沒有書，局限還是有的。寫作雖然比較自由，但要寫人情、世故或說理的文章，有時不得不徵引其他作者的話，或借用某些歷史資料。這時沒有書，就像古代的俠客失去了寶劍。沒有寶劍，固然不至於喪失所有的武功。可是在這樣的情況下，就只能徒手上陣了。

安逸的順境對創作可能有不良的影響，但某一程度的安定，卻是所有創作活動要具備的條件。滾動不息的石頭，不可能有青苔。所以，研究文化的人指出，游牧民族，要定居下來才能建立輝煌的文化。蘇東坡說，無竹令人俗；無書，則不但令人俗，而且會令人變成逐水草而居的牧民。

一九八七年七月二十一日·多倫多

天才相遇

達芬奇和幾個朋友，在阿爾諾河畔的一家教堂外聊天，談到但丁的詩。有一位朋友不懂，問達芬奇。這時，恰巧米凱蘭傑羅經過。於是達芬奇說：「問他吧。」

米凱蘭傑羅既是雕刻家，也是詩人；達芬奇叫朋友問他，大概是出於善意。但米凱蘭傑羅生性剛烈，而且十分敏感，以爲達芬奇挖苦他，於是大聲說道：「問那個學雕刻學不成的人吧！」達芬奇學過雕刻，但對繪畫的興趣更大，因此雕刻也就無暇發展，結果遭米凱蘭傑羅搶白。

達芬奇和米凱蘭傑羅都是超級天才，而且同是翡冷翠人。很可惜，二人並不曾融洽相處。

天才的智慧高於常人，識見、胸襟應該能幫助他們欣賞、包容級數相等的人才對；然而事實並非如此。

貝多芬和歌德相逢，並無相見恨晚之意。貝多芬思想前進，崇尚自由民主，嫌歌德保守；歌德在這次盛會前，聽過女朋友稱讚貝多芬，早有幾分醋意，也不大喜歡這位未來的樂聖。

勞倫斯是英國二十世紀的大小說家，論者里維斯視之爲天才，可是大詩人艾略特偏偏不欣賞他，寫了本評論痛加撻伐，說他沒有教化。勞倫斯本人，則十分痛恨艾略特的偶像——寫《神曲》的大詩人但丁，嫌他抑制情慾，稱他爲「灰但丁」(Grey Dante)。

喬埃斯寫《尤里西斯》、《守芬尼根之靈》，能夠賞識他的人少之又少。他日後能享大名，詩人龐德爲他出書的功勞不可不記。可是龐德的《詩章》出版時，以晦澀著稱的喬埃斯卻說看不懂。也就是說，龐德能欣賞喬埃斯，喬埃斯不能欣賞龐德。

在中國，我們也可以找到類似的例子。翻開杜詩，我們可以看見杜甫對李白一再推許——甚至激賞；閱讀李詩，卻鮮見李白稱讚杜甫。李白是謫仙，眼中看不見別的人，是可以理解的，但看不見杜甫，就說不過去了。

在歷史上，天才相遇，由於雙方或單方猜忌，或者由於雙方或單方有盲點，往往看不到對方的長處，結果相處時不一定融洽。

羅素提到愛恩斯坦時說，他從未見過像愛恩斯坦那樣不懂猜忌的科學家；又說，猜忌之情，即使萊布尼茲也不能免。

愛恩斯坦式的胸懷十分罕見，證明非愛恩斯坦式的胸懷極爲尋常。當然，我們也可以說，在愛恩斯坦的眼中，還有誰值得猜忌呢？但一般的天才，包括講求客觀的科學家，即使成了天空中最亮的天體，也常常不容「天有二星」的。至於因盲點而看不到其他天才的優點，則證明天才依然是人；證明遍照大千的能力，畢竟只屬於上帝。

一九八七年八月二日・多倫多

種草

翻遍詞典，發覺和「草」字搭配的，有「除」字、「刈」字、「割」字……沒有「種」字；「種」字之下，有「花」、「田」、「地」、「菜」、「瓜」，甚至連「痘」也有了，偏偏沒有「草」。

不要說尹吉甫寫《詩經》的時代了，卽使幾年前，如果聽見有人說「種草」，我也會對他的神經投不信任票的。中國的農夫，日出而作，日入而息，所爲何事？除了鋤地、播種、施肥、收割，就是爲除草、拔草而辛勞嘛。從初民時期到現代，農夫在「日當午」時，因除草而揮灑到「禾下土」的汗，滙不成一條長江，也可以滙成一條黃河。現在居然有人說「種草」，你說他的神經是不是有問題？

來了多倫多後，我再也不敢這麼武斷了，因爲這裏到了夏天，幾乎家家都種草。最近，連我自己也種起草來了。

我們住的房子不大，可是像別的人家一樣，門口也有空地。空地只有十呎見方，我們搬來時，上面已經有草，有玫瑰，有一兩種不知名的花卉。不過花卉經歷了肅殺的嚴冬後，都凋傷了；而草，也像刼後的生靈，所餘無幾。於是，彩華買了包草種，撒在空地上，種起草來。

起先，我對於種草是沒有興趣的；不但沒有興趣，而且覺得可怕。因爲種草像種菜、種瓜一樣，要排除一切異己。小時候，在屋前、屋後、菜地、稻田，不知拔了多少草，現在要我把昔日的死敵當作朋友，我怎能向昨日之我交代呢？更難接受的是，要種草，就得成爲希特勒式的大獨裁者，進行滅絕種族的屠殺，把其他植物鏟除淨盡。我個人一向信仰自由、民主，贊成眞正的百花齊放、百家爭鳴，現在怎可以變成秦始皇呢？

且別說這樣大的道理了；光是語言習慣，就不容我這樣做。不管字典裏有沒有「種草」一詞，只要一想起英語的 weed 字，就提不起種草的勁。weed 字作名詞用時，解作「雜草」、「野草」、「莠草」，全部是壞東西；作動詞用時，解作「除草」、「除害」。我現在不去除草，反而種草，怎能克服行動和語言習慣之間的矛盾呢？

何況在種草的同時，我要鏟除一種比草要可愛的植物？

這種植物，冬末春初生頭狀花序，開黃色小花，在天氣回暖、陽光普照時長滿了屋前、屋後和公園的草地。五月三日那天，我和家人在聖克萊大街（St. Clair Avenue）的公園散步時，看見這些小花像千千萬萬的金盞分佈在一望無際的草地上，盛著暮春的陽光，在我驚喜的視域內閃爍。

「多倫多的菊花怎麼開得這麼燦爛？」我的欣悅，不下於華茲華斯看見黃水仙。

後來，我知道這些黃花就是蒲公英。由於我一向把蒲公英和白絨球果實聯想在一起，所以才會把它的花當作常見的菊。

在多倫多人的眼中，蒲公英是 weed（雜草、野草、莠草）。weed 這個英文字，又解作多餘討厭的東西。蒲公英有極強的生命力，黃花謝後，白色絨球的果實經風一吹，就會飄散到大地的每一個角落，可以在極惡劣的環境下生長。多倫多人嫌它「奪」去了草的營養，都視之爲眼中釘；扭折之不足，就繼之以剪割砍伐斬斮挖掘；剪割砍伐斬斮挖掘之不足，就噴之以除莠劑（英語叫weed killer 或 weedicide），務必要趕絕殺盡。天哪！這簡直是陷害忠良，顚倒是非了。

後來，我發覺多倫多人所種的草和野草不同，不但不會割傷皮膚，而且十分柔軟，於是對草產生了好感。幾個星期前到夏令營接兒子，走過營外一大片鮮碧明亮的綠草，夕陽下，竟叫翡翠般的純粹震懾住了。於是爲之心動。兩星期前，和家人到安大略湖邊的枵橋公園

(Ashbridge Park)散步，仰臥在絲絨般的碧草上，望著白雲、白鷗、藍天和湖邊高塔的白尖，讓湖面的涼風吹入懷中，我開始覺得，那充滿彈性的草，的確值得種了。

這幾天，彩華太忙時，我就拿著澆水筒，與致勃勃地走到門前的空地去；不是澆花，而是澆草。不過，我種草時並沒有陷害忠良，仍讓蒲公英自由地繁衍；而且心中有點歉疚，一直請「種豆南山下，草盛豆苗稀，晨興理荒穢」幾句詩的作者見諒。

一九八七年八月三日•多倫多

行得通的城市

不看雜誌，還不知道多倫多在記者的心目中有這麼崇高的地位。

前些時，《時代》雜誌有一篇介紹多倫多的文章，認爲多倫多是座「行得通的城市」，可居北美眾城之冠。

北美的名城這麼多，論歷史、論文化、論經濟，多倫多都未足以「覬覦」至尊之位，怎會一夜之間黃袍加身呢？起先，我感到詫異。可是我看完了那篇文章後，也頗有同感了。

文章的內容大概如下：由於多倫多市政府的眼光獨到，多倫多避免了許多大城市的缺點，發展成一個行得通的城市。

城市也有行得通和行不通之分嗎？有的。北美的許多大城市，商業區、金融區全設在市中心，市民居住的地方則遠在郊外；每天下午五時一過，市區就闃寂無人，形同鬼域。到了週末或假期，城中的黃金地帶也不容易見到人跡。多倫多市政府覺得這樣設計城市，實在太浪費了，決定革新，把市中心發展爲二十四小時都用得著的地區。於是，多倫多就與別不同了：市中心附近有住宅；每天，各大公司的職員下班後，銀行區、商業區不會像活力十足的心臟刹那間停頓。五時之後，一直到十一二時，央街（Yonge Street）、布盧爾街（Bloor Street）……仍是多倫多的活動中心。其他街道也人來人往。這情形，聽說紐約、費城、底特律……都不會有。

其實，在北美——尤其在美國，卽使不談設計、規劃，晚上十時後能夠任市民從容閒逛的大城市也不多。在紐約，據說差不多人人都有過被刼的經驗。散文家思果先生有一篇文章，說紐約人遇刼的經驗太尋常了，途中卽使被搶掠，晚上下班，和家人一起吃飯時，提也不提的。最近被控射傷黑人青年的戈兹，携槍坐地車前，早已領略過被刼的滋味。他在傷人案中無罪獲釋後，應該可以安安靜靜地過日子了吧？想不到他獲釋不久，又遭匪徒毆打。

前面提到的文章，說多倫多優於別的大城市時，以英文 A city that works 爲題。不過，我覺得英文題目僅指出了多倫多的好處之一；譯爲中文，才能表現多倫多的另一優點。因爲多倫多不但在設計、規劃上實用美觀，符合各種需要，多年來收到顯著的成效，一如《時代》雜誌英文題目所說；而且讓市民通行無阻，不怕盜賊剪徑，可以拿「行得通」的字面意義來形容。

一向在多倫多居住的人也許會指出，最近幾年，多倫多的罪案有增加的趨勢。不錯，來多倫多後，我在報上也讀過一些和殺人、強姦、搶刧有關的新聞，但和世界上許多大城市比較，多倫多的治安無疑是一流的。一九八五年暑假，思果先生從夏洛特來多倫多看我。一天晚上，已經是十時過後，和他沿登打士西街東行，然後轉入大學大街向南，一邊聊天，一邊呼吸著夏夜清涼的空氣。置身於平直、光潔、寬闊而又寧靜的大道，思果先生突然對我說：「這麼晚還可以在街上蹓躂，眞是不可思議。美國的大城市，到了這個時間都找不到行人了。」思果先生的遊蹤極廣，有充分的資格比較美、加。有了他這番話做後盾，我稱讚多倫多的治安時，大概不會有人譏我少見多怪吧？

在多倫多行得通，還有兩大原因。第一，多倫多的公共交通方便；第二，城中的空氣清新。

先說公共交通。多倫多的公共交通，多年來都獲選爲北美之冠。你付了一次車資，就可以換車多次，直到市中最遠最僻的地方；其服務之佳，可以寫另一篇散文記述。最近，多倫多公車局又增加了四通八達的「藍線」服務，通宵爲乘客編織密而不漏的地網。

多倫多的空氣，不是毫無瑕疵，但和其他大城市的空氣比較，可以得很高的分數。市民在街上行走，不必用手帕掩鼻；即使在市中心的大會堂廣場，他們也可以找一片草地，躺下來好好地睡一覺，無懼於皇后西街的汽車。

多倫多的空氣怎會如此清新呢？我猜除了因爲市政府善於立法取締污染外，還因爲市中遍植樹木。幾年前到倫敦，發覺市中的公園和樹木極多，很欣賞英國人綠化的成績；到了多倫多，才發覺這個後起的城市比倫敦還要綠。一個地方無論多熱，一旦有了樹海，綠浪就會沖走不少熱浪。一九八〇年遊雅典時，對古希臘的名勝古跡十分傾倒。但傾倒之餘，又覺得城中的樹木不足。最近，由於雅典有幾百人遭熱浪殺害，有關當局好像有綠化該城的意思了。多倫多的盛夏，通常也有幾天熱得頗爲可怕；但城中的人如果沒有樹木的蔭庇，處境恐怕會更慘。

多倫多沒有壓胸撼魄的天原大道，沒有引發思古之情的鬪獸場。可是，它有巴黎和羅馬所無的優點。我不是說巴黎和羅馬行不通；我是說，巴黎和羅馬，不像多倫多那麼行得通。至少，巴黎和羅馬的空氣，沒有多倫多的空氣清新。

一位多倫多人看了《時代》雜誌的文章，投書給編輯說：「多倫多何止秀甲北美！它簡直秀甲全球嘛！」

這是偏愛之詞。光是零下二十度的低溫，就會把我那隻想贊成的手，在將舉未舉的刹那間凍住。

不過，多倫多既然是個行得通的城市，優點也實在不少。有一天，令人涕淚沾衣的消息傳到劍外時，在天之涯，會有一個城市比多倫多還要吸引人。可是，在這一天來臨之前，一個布衣，能夠在湖畔讓自己的思想與白鷗起落，與蒲公英飄舉，與莽蕩的風，在無邊無際的大草原徜徉，也就不算太委屈了。

一九八七年八月七日・多倫多

念月

中秋一年接一年的過，月亮，照著我，由香港一直到多倫多，渡過了太平洋仍那麼皎潔，那麼晶瑩，把珍珠的光暈柔柔地投落大地。然而給我聯想最多的那輪月亮，離我是越來越遠了。

「舞龍頭，養豬大過牛；養牛大過六足西山象；母鷄生蛋大過蘿蔔頭。你屋裏有隻金絲貓，蜘蛛蟑螂都捉了……」我和村中的孩子舞著龍，唱著吉祥的歌，向家家戶戶賀中秋時，哪裏想得到有一天會懷念這玩意，懷念與這玩意分不開的中秋月呢？

中國的節日都是爲農村——尤其爲農村的孩子——而設的；中秋的明月，當然也爲農村的孩子而亮了。

農曆八月，柿子成熟、風箏越升越高時，我們就伸長脖子等中秋。其實，這時七夕剛過，我們是無須這麼快就渴望另一個節日來臨的。但七夕畢竟屬於女孩子；我們身爲小弟弟的，雖然也可以參與各位姐姐的乞巧儀式，但始終覺得，中秋才是大家的節日，並不會偏寵女孩子。

在這段日子裏，每天吃過晚飯，洗過澡，在村邊望著漸漸變圓的月亮從東山升起，都會有節日將臨的興奮。

八月十四那天，我們就到村外的菜園砍伐芋頭的莖，然後一根根的接起來，紮成一條長長的龍。到了八月十五那天，月亮的清輝在東山後面將吐未吐，我們已經把那條用芋頭莖紮成的龍從宗祠裏擡出來，再把燒著的香一炷炷的由龍頭插到龍尾。一切準備就緒，十多個孩子就各拿一根竹竿，揷住龍的一節，歡呼著把它擎起；然後一個跟一個，挨門挨戶地舞起火龍來。舞龍頭的通常是我們的領袖。他帶著十多個小孩子從村東跑到村西，頗有派頭。十多個小孩子由於久經訓練，舞起龍來是可以登大雅之堂的。我們或魚貫前進，拉成直線；或向左右斜步側擺，蜿蜒而行；或像波浪般一個接一個起伏升降。一條發著紅光的火龍，也就在夜裏夭矯地盤旋起伏。

「舞龍頭，養豬大過牛；養牛大過六足西山象；母鷄生蛋大過蘿蔔頭……」

我們十多個小孩子，從頭到腳都是朝氣；歌聲又充滿了吉祥；我們的火龍，自然也大受歡迎了。

這天晚上，村中大多數的孩子都不會錯過舞火龍的玩意。因此我們在村邊或巷裏前進時，常會聽到同樣的歌聲在遠處響起。不一會，前面就會出現另一條發著紅光的火龍。擎著火龍的，也是一羣年紀和我們相仿的小朋友，而且都是認識的。於是，兩列小朋友就歡笑著打招呼，在中秋之夜風雲際會一番，才舞著火龍朝不同的方向前進。

我們入黑時開始舞龍，不知不覺間滿月已升到天頂，太虛盡是一去無邊的清輝。凡間的山巒、樹木、草地也鋪滿了銀光。這時，望向村邊的池塘，見一泓泓銀白的寧謐伸入了竹樹下面的暗影，純粹中點綴著斑駁，就覺得月亮無比幽玄。把視線從池塘外收回，發覺村邊的空地、所有房子的屋瓦，以至那塊靜靜的「泰山石敢當」，也浸在月亮的銀輝裏。

在小孩子的歌聲和歡笑聲中，村子熱鬧一片。將近午夜時分，家家戶戶就把一張方形桌子搬到門外，在上面擺設糕點、柿子、柚子、楊桃……虔誠地拜起月亮來。

中秋的晚上本來十分涼快，可是我舞龍完畢，回家時總是渾身大汗的。一走進最熟悉的那條巷，遠遠就聽見母親和鄰居談話的聲音。到了門口，母親早已擡出桌子，並且在上面陳設了糕點，像鄰居的嬸母一樣，拜著月亮。

我望著一桌銀光，總感到無限欣悅。擡頭，總會看見一輪無瑕的銀月，在崑崙浴過千億萬年的冰雪後，再任曉露和星光擦拭，然後升到中天，把清輝瀉落雲漢，瀉落一張無憂的臉。

離開故鄉已有二十九年。在漫長的二十九年中，我見過李白的峨眉山月，也見過蘇軾的皓月發出萬丈瑞光從羣山湧起。可是，我童年的銀月已經西沈，墜入了深邃的記憶，每逢中秋就發出悠邈的清光，像秋水一般把我的思緒漂往億萬里外的銀河。

一九八七年九月十二日・多倫多

詛咒上帝

在高光深邃無邊的皓皓
本體，出現三個光環，三環
華彩各異，卻同一大小。
第一環映著第二環，燦然
如彩虹映著彩虹，第三環則如
一二環渾然噴出的火焰在流轉。

自從但丁目睹了上帝後，三位一體一直推動著太陽和羣星，宇宙一直井然有序。

有一天，三個光環的華彩突然淡了下去；到最後，竟像三根火柴，熄滅在永恆的黑夜中。

眾天使大驚失色，不知道發生了甚麼事。他們在星宿未成形、山海未湧現時已經出生。天庭的歷史，他們知得很多。那年，天使長撒旦率領大批天使叛變，悍然向上帝的權威挑戰。六翼天使米迦勒帶著天兵去討伐，惡鬬了不知多久，雙方仍不分勝負。到聖子彌賽亞駕著上帝的戰車出擊，才打敗了撒旦和叛逆的天使。天原的大戰結束後，上帝把撒旦和其餘的叛徒從九霄擲進地獄，罰他們永受無光的黑火焚燒。

至於眾天使出生前，天庭是否有過別的騷動，則除了聖父、聖子、聖靈，就誰也不知道了。不過在眾天使的記憶中，撒旦叛變是最嚴重的一次動亂。然而撒旦從未威脅過上帝，更不能逼上帝失踪。現在居然有一股力量消滅了上帝，眾天使哪能不慌張？

撒旦遭受了天罰後，天使長一職由米迦勒擔任。米迦勒神勇無比，是天庭裏最英武的天使。他見上帝失了踪，馬上拔出寶劍，要斬殺敵人。

「這股力量非同小可，比撒旦的邪力不知大多少倍。還是讓我打聽一下，看個究竟再採取行動吧！」天使加百列說。

米迦勒一想，覺得加百列說得有理。於是按著劍，先讓加百列去調查眞相。其實，米迦勒自己也知道，敵人連上帝都可以消滅，還會把誰放在眼內呢？

過了不久，加百列回來了。

「怎麼樣？」所有的天使都迫不及待地問。

「問題全在北美洲……！」

「北美洲是甚麼？」

「是地球的一部分……」

「上帝連銀河系以至宇宙都創造了，難道要怕地球的一部分！」有一位天使感到憤憤不平。

「北美洲有一個地方……」加百列繼續說。

「上帝連索多姆和戈摩勒都可以燒掉，怎會讓一個小小的地方作惡？」另一位天使同樣憤怒。

「那裏有一個男子，用最惡毒的方式詛咒上帝……」

「上帝怕甚麼詛咒？許多不信教的人，不是常對上帝口誅筆伐嗎？但他們損不了上帝分毫。」第三位天使說：「撒旦和手下的叛徒進了地獄後，不也是一直詛咒上帝嗎？」

「撒旦哪裏比得上這個人？這個人在電視上出現，比你、比我都要善良仁慈；他爲了把世間邪惡的男女帶回正道，年年月月都在講博愛、講克己、講淫逸驕奢之害……最近，凡間發現他利用一名病人募捐……」

「利用病人募捐有甚麼不好？」第四位天使問。

「這個病人叫凱文（Kevin），十八歲，患了罕見的骨骼病，只有二十八吋高。上面提到的人見有機可乘，就利用凱文做活招牌募捐，答應成功後建一座宿舍收容傷殘人士。募捐運動有凱文參與，打動了千千萬萬人的心。結果籌集到的款項超過三百萬美元……」

「傷殘人士有福了！」許多小天使鼓著掌歡呼。

「三百萬元之中，有一大筆款項變成了這個人及其下屬的高薪和花紅。僅僅兩個半月，這個人和妻子就可以拿七十九萬二千元。而凱文呢，的確搬進了一座價值一百五十萬美元的宿舍。但他在這座宿舍不會住得太久了；宿舍不久就要改建爲酒店……」

「這個人眞壞！」有一位天使罵道。

「這個人已有妻室，樣子敦厚，你見了就會信賴他。——他比我們更像天使。」加百列繼續敍述事情的原委：「後來凡間發覺他不但亂搞男女關係，而且還亂搞男男關係……」

「畜生！」許多天使齊聲罵道。

「這個人的穢行太多，我不打算詳述了。大家最關心的問題一定是：上帝爲甚麼不見了？」加百列說。

「對呀，上帝爲甚麼不見了？」眾天使憤然說。

「凡間喜歡女色、男色而又貪婪的人很多，但絕大多數都不會滿口仁義道德，也不會依我們的容貌製造面具，戴在臉上招搖。這還不要緊，最要命的是……」一直平和的加百列說到這裏，也控制不住情緒，說起俗語來了。「此人不但是教徒，而且是牧者，搞了個名叫『讚美上帝』的組織。試問這樣的一個人，日日夜夜『讚美』上帝，怎能不把上帝『讚死？」

一九八七年九月二十日・多倫多

飲　茶

飲茶不等於喝茶，也不可以說成上館子或下館子。把這個方言詞組譯成國語，原來的情趣、聯想也就消失了一大半。

飲茶當然要喝茶，不然茶樓的人會把你趕走，但喝茶只是儀式的一部分。飲茶的人，當然也要吃點心，吃炒麵、炒河，但吃也不是飲茶這項活動的焦點。

「那麼，飲茶的焦點在哪裏？」

如果有人這樣問，我會這樣答：「飲茶沒有焦點，不應該有焦點；而且越是沒有焦點，情趣就越濃。飲茶，不應像天狼星或天津四，炯炯地凝聚強光；而應該像稀薄的銀河，惟恍惟惚，在桂花飄香的秋夜，散散，漫漫，若有若無地盪成夢幻，浮過意識的邊境，在窈冥的太虛徘徊，失落。」

比喻太多了，且返回現實。我的意思是：你當然可以上茶樓牛飲以解渴，狼吞以濟饑；

也可以把茶樓變成你寫作或談生意的場所。不過這樣做，就領略不到飲茶的韻味了。飲茶雖然包括吃喝，但吃喝之外，還有朋友和你的閒聊，有當日的報紙，周圍的人聲。

飲茶不能無伴，也不能多伴。一個人自斟自飲，雖然可以看報，但未免寂寞了些。友伴太多，你有話未必有機會講；有機會講時，由於人雜，又往往不便講。何況全桌爭著發言，與開會無異，你未必有講話的興頭。

「大食會」式的飲茶，更是大殺風景。十多人好不容易才有機會見面；一見面竟像餓囚出柙，開足兩顎和利齒的馬力；上身傾前，筷子遠探之不足，又繼之以起立，推搡，既怕不能夠把自己所出的錢全部吃進肚裏，又怕侍者把未吃完的炒麵拿走。飲茶飲得如此緊張，如此急迫，到了一饋十起的地步，又何苦來哉？

比「大食會」更殺風景的是等座位。你站得舌燥唇焦，仍等不到一張桌子，脾氣就會急促地升向發火點；偏偏這時候一縷龍井的香氣又裊裊上升，浮到你的鼻子前撩撥你。於是，你就更加氣憤了。不過你色厲內荏，只是隻紙老虎；再站兩三分鐘，你的枵腹已空得連怒氣也沒有了。

你等到了位子，也不要高興得太快。因爲你剛坐下，還未吃完第一碟點心，你的前後左右已經赫然站著好幾個人，彷彿要觀察你咀嚼時太陽穴一帶如何起伏。這時，你還敢放肆嗎？你也許不介意人家研究你的食相，能夠泰然自若。但這些等座位的人一個個露出饑民的神色時，你即使豪放不羈，也會產生惻隱之心的。於是，茶葉仍一粒粒的浮在開水之上，你就匆匆離座了。

因此，人太多的茶樓不去爲妙。到這些茶樓飲茶，即使走運，不必等座位，不必在等到座位後馬上被另一批等座位的人包圍，你也往往要坐在一張特別爲你而設的桌子前。然而你這個嘉賓坐下不久，就發覺特別爲你而設的桌子嘎嘎吱吱，搖搖欲倒，似桌非桌；發覺裝點心、裝碗碟、裝殘羹、裝煙灰煙頭的車子流水般擦過你的肩膀。你被車子驚醒，猛然擡頭，才發覺自己吃點心時，正面對廚房和廁所的門。對屠門而大嚼也許是一大樂；對廁所而大嚼，就有點那個了。人人向同一家茶樓擠，也許因爲該茶樓的點心鮮美。但在廁所門前吃鮮美的點心，得把想像禁錮。否則，它會把咫尺之外的現實搬到你的碗裏，令你棄箸掩鼻的。

人太少的茶樓，也好不了多少。你進了裏面，見幾十個伙計，或在你身旁徘徊，或在附近呆立，你會搖身一變，成爲動物園裏的獅、虎，開始進食供大家參觀。如果你一向講平等，講人道精神，你也不會感到舒服的；看見數十人服侍你一人，你怕自己有一天會折福。

理想的茶樓，不應太擁擠，也不應太荒涼。進了去，最好仍有二三成的桌子供你選擇。你坐了下來，就有人上前，問你要甚麼茶。你叫了水仙，或者龍井，然後一邊和朋友聊天，一邊品嚐杯中的甘冽。漸漸，工作的壓力、世事的紛繁就會隨那浮漾的熱氣上升，解散，最後在你的眼前消失。

從科學或醫學的觀點看，上茶樓飲茶，其實不太衞生。許多點心雖然好吃，卻未必有營養價值；等而下之的，會像老子所說那樣：令人口爽。至於點心裏的味精，碗邊、碟緣上的洗潔精，更會令人舌燥喉乾，給人帶來種種與化學品有關的疾病。

上茶樓的弊端，我知之甚詳，可惜我像所有的凡軀一樣，同時由阿波羅和狄俄尼索斯統御；而我的狄俄尼索斯又比阿波羅強。於是我也就喜歡上茶樓飲茶了。

我從不吸煙；除了在特別的場合，也不飲酒。只有飲茶這種嗜好，由香港一直跟著我，跟到了加拿大。

今天是星期五，明天是星期六。唐人街的一家茶樓裏，一縷茶香又冉冉上升了。

一九八七年十月一日・多倫多

通往西伯利亞

通往西伯利亞的，不是飛機的航線，也不是鐵路，而是一條街。

哪裏的街？多倫多的街。多倫多的街，怎能通往西伯利亞？

不錯，多倫多的街通不到西伯利亞。北美洲和蘇聯，隔了一個白令海峽；你即使到了阿拉斯加，還是要望洋興嘆的。

然而多倫多的確有人說，縱貫南北的央街（Yonge Street）直通西伯利亞。他們這樣說，是用李白式的誇張手法，極言央街之長。

是的，央街的確長。你的車子在上面向北飛馳，不知多久，才會到達盡頭。鬧市、大廈、房屋退入了南溟，央街還會毫不留情地欺負你的車子，把你誘進了《山海經》的大荒世界仍伸向更遠的遠方，似乎要伸出人世、伸出此生才肯罷休。

和久住多倫多的親友在一起時，問他們有沒有到過央街盡頭；他們都說沒有。這樣看來，央街又似乎眞的通往西伯利亞了。

其實，多倫多的街道，凡是向北的都通往西伯利亞，向東向西的都通往愛爾蘭，通往日本。

如果要我概括地形容多倫多的街道，給我三個字就夠了。這三個字是「長」、「直」、「平」。倘若我是大人國的公民，或者是玉京的神仙，要找一個棋盤，我必定把多倫多搬走。有時候，我覺得多倫多的確是天神的棋盤，不知在哪一年掉落安大略湖之北。不然，爲甚麼所有的街道都以直角相交呢？

你在多倫多如果有一家商店，並且要在廣告中說明商店的地點，那眞是簡單不過。你只要說出你的商店在哪兩條道路的交界，顧客就可以按圖索驥了。

在這樣的城市裏居住，約朋友在某一地點會面也特別容易。你在電話中只要簡單地說一句：「在登打士街、央街交界處等我」，就會十拿十穩的了。在別的城市，你要說上大半天，仍會糾纏不清；到最後，朋友還是要依靠計程汽車才能在迷宮裏找到你。

所以，我有時候又覺得，多倫多是由警察局設計的。找尋罪犯、捕捉匪徒，有哪一個城市的警察勝得過多倫多的同行呢？在這個棋盤上面，哪一處發生刼案，只要指揮部用無線電播出兩條街的名字，刹那間，匪徒就會被圍。那些又長又直、縱橫南北東西的馳道，根本就是為警察和警車而設的嘛。匪徒進了多倫多，就陷入精密而準確的坐標之內，無所逃遁於天地之間。英語有一句話，叫 show a clean pair of heels，意思是「逃走」、「逃之夭夭」，直譯是「展示一雙乾淨的腳後跟」。你在多倫多如果誤入歧途，當了盜賊，那是你的不幸。你搶劫完畢，從銀行衝出來，要拔足逃走是可以的，但想「夭夭」就不容易了。因為多倫多的窄巷曲街那麼少，你跑上一個鐘頭，仍無所遁形；在後面追來的警察，仍一直欣賞著你那雙乾淨的腳後跟。盯著你乾淨的腳後跟，警察是不怕你逃之夭夭的；你到達西伯利亞之前，他們有充分的時間把你抓住。因此，狄更斯筆下的機靈逃手（Artful Dodger）到了多倫多，一定會身陷絕境。這樣看來，多倫多的罪案比其他大城市少，不是沒有道理的。

有些人或者認為，多倫多的街道正因為又長、又直、又平，所以欠缺曲折起伏、抑揚頓挫之姿；不像某些古城的街道那麼廻腸盪氣，結果是水清無魚。

不過，這些人說完「水清無魚」之後，恐怕要加上一句「路直少賊」才夠公平呢。既然如此，「無魚」這個代價，也就不算太大了。

一九八七年十月二日 · 多倫多

利己

西雅圖的朋友開車，載著我在高速公路南馳。前面，後面，是千百萬輛其他的汽車，以同樣的速度疾竄。公路的左邊，數量相等的汽車在三條行車線上向北方電騖，也是挾雷霆萬鈞之勢。

不，「雷霆萬鈞」這個古代成語，已經不能準確地形容這現代場面了。在美國，千千萬萬的高速公路上，一日廿四小時，都有幾千萬輛汽車以時速百多公里撕過九百三十六萬三千平方公里的空間。置身於公路的車陣裏，我覺得自己進入了幾百萬股颶風的中心，正浩浩蕩蕩地橫掃過太平洋的上空。偶一分神，又彷彿聽見幾千萬條亞馬遜河在所有的高速公路上澎湃咆哮，而且要沖進城市和平原，沖倒落磯山脈。那搖撼天地的聲音，那完全一致的節奏，徹底地把我懾住了。

據統計，美國人每天消耗的石油達七百五十萬桶。這七百五十萬桶石油，推動了億兆輪軸，產生的能量大得驚人。我坐在朋友的車子裏，望著前面，見一輛輛的汽車都那麼專注，各向自己的目的地奔馳；或直取洛杉磯和聖地牙哥，或到了三藩市東轉，然後穿州過市，不到達紐約就不罷休。

「是甚麼力量驅使車內的人向東西南北衝刺呢？」我看見所有駕車的人都全神以赴，彷彿是一根根的鐵針跌進了無邊無際的磁場，不禁大爲驚奇。

佛洛伊德見了這景象，必然把一切歸諸性。他會說，幾千萬輛汽車，一日廿四小時在高速公路上飛奔，是因爲車上的人受了性衝動的驅使。

佛洛伊德的理論雖然有很高的地位，拿來解釋眼前所見，卻十分牽強。

過了一會，我終於找到了答案：除了耶穌或效法耶穌的人，坐在千百萬輛汽車內的司機和乘客，都在利己。他們或駕著車上班，找顧客談生意；或趕往某地購買房子，然後出售取利；或赴某一大學舉辦的學術會議以建立名聲，爭取永久聘用的合同……總而言之，人人都爲了自己的利益。

《史記・貨殖列傳》也提過這現象：「天下熙熙，皆爲利來；天下攘攘，皆爲利往。」不過《史記》所謂的利，光指財貨金銀，未能統攝高速公路的千態萬殊。譬如年輕人駕著跑車赴情人的約，就不是爲〈貨殖列傳〉裏面的利而熙攘。說他爲自己的利益而往，就誰也不會反對了；因爲小如吻一吻情人的朱唇，大如向情人求婚，都在這位年輕人的利益範圍之內。

孟子見梁惠王。梁惠王問道：「叟，不遠千里而來，亦將有以利吾國乎？」

孟子答道：「王何必曰利？亦有仁義而已矣！」利，是托勒密天文中的第十層天，是宇宙萬象的原動力。對著唯利是尙的世界而不曉之以利，簡直像逆著三峽的大水向上游前進。由於上帝所造的人都有利己的劣根，孟子的至道，乃不得不成爲曠野的呼聲。

這道理，有我做活見證。我坐著朋友的車子從西雅圖出發，向幾十哩外奔馳，也完全爲了利己——到海拔一萬四千四百一十呎的雷尼爾山（Mount Rainier）遊玩。

一九八七年十月三日・多倫多

窗外的風景

星期一和星期五，都要到約克大學兼課。約克大學位於大多倫多市的西北界，由家裏乘車前往，約需一小時零十分鐘，等於以前由沙田乘車往港大的時間。

沙田的一段路，在七十年代初期仍十分美，我以前曾在詩文中一再稱頌；卻想不到從家裏到約大，也是絕佳的一段旅程。

兩天的課，都安排在下午二時開始。當天如果沒有別的事要辦，我通常會在十二時十五分左右出門，坐公共汽車沿科克斯威爾大街北上科克斯威爾站，再改坐地車西行，在聖喬治站換車向北，到威爾遜站轉乘公共汽車往學校。不過，我通常都要到大學大街、登打士街交界辦點事，因此常坐電車沿芝蘭東街西行，在百樂匯大街換車向南，然後沿登打士街西行直達大學大街。

乘電車往大學大街的一段路，是我的熱線；這段路的電車軌有甚麼耗損的話，我要負頗大的責任。這樣熟的陳規舊路（beaten track），應該比普魯弗洛克所走的街道還要沈悶了吧？

事實恰巧相反。幾十年前，加拿大人可以在國境內四十八個城市找到有軌電車；今天，全加拿大只剩多倫多仍有這種交通工具行走。外來的遊客到了多倫多，節目之一是坐電車在市中觀光。因此我登上電車，就覺得自己是遊客。電車行走在鋼軌上，特別平穩，彷彿是一陣風滑行於雪原，既寧靜，又舒適。來加後，比以前要忙。工作壓力太大，要鬆弛神經時，我有三個方法：一是到茶樓飲茶；二是到游泳池游泳；三是坐車時讓思緒浮游於恍惚虛無之外。我上了電車，總喜歡坐車廂的後半部，讓軀體如輕風馳行，讓街景抹睫而過，讓紅色的楓葉映入眸心，泛起粼粼的瑪瑙浪。而我的神思，則遊於形外，與海鷗乘風而起，在林梢，在河谷環廻翻飛。

在大學大街把事情辦妥，上了聖帕特里克站的地下火車，我會感到一股熟悉的欣悅自心底溢出。陸地的交通工具之中，我對火車最有好感。它的舒適、平穩、迅捷，它引起的聯想，都分外誘人。你坐了上去，就感到無比舒暢。葉慈說過，坐在一列火車上環繞地球一周，可以寫出十多首詩。他這句話深得我心。火車，是陸地上最有詩意的交通工具。十年前的夏天，坐過火車從南京往無錫，滑行於江南的風中，看稻田、水澤以及白牆黑瓦的小屋從地平線迎上來，然後又退向地平線外。七年前的冬天，又坐火車從米蘭往日內瓦。深夜在阿爾卑斯山之麓停下，等邊防人員上車檢查證件時，窗外靜飛的雪花恍如夢幻。同一個月內，我又坐火車自馬德里出發，沿陽光海岸東行，馳過地中海溫暖的冬陽和清涼的海風。這些情景，如今仍常常使我出神。

在香港坐地車，我常會在途中看書；坐地車往約大，我往往捨不得把時間花在書本上。下午一時，北行的地車最閒，每個車廂往往只有三四名乘客。我進了去，可以挑最好的位子坐下，鬆弛所有的神經末梢，然後一邊讓思緒盪入恍惚，一邊讓均勻的節奏伴我北行。

到了艾格林頓西站，我的精神會爲之一振，因爲從這裏開始，一直到威爾遜站，火車會由地底穿出地面行駛，馳過遼闊的平原。在這一段路程中，我的視線會無拘無束地飽覽窗外的風景。

加拿大的一大特色，是地廣人稀，市中心以外的建築物無須向高天索取空間，通常只有兩三層，而且彼此隔得很遠。我望出車窗，可以讓視線一直馳騁到天腳。地面沒有摩天大樓把穹廬擎起，天就在遠處和大地接觸、契合。天地之間，是鮮碧的綠草鋪出視域外，是一朵朵的白雲如綿羊徘徊於大草原上，在普照的陽光下潔白得閃著銀輝。在如此浩瀚的空曠裏，我希望火車永不停站，在沒有盡頭的鐵軌上奔向無窮。

窗外的風景太迷人了，結果在威爾遜站轉乘我不太喜歡的交通工具往約大時，也覺得大自然對我的雙眸實在不薄。

一九八七年十一月二十五日・多倫多

溜冰場外

溜冰場上最吸引我的是小孩子——年紀只有六七歲，在場內橫衝直撞的小孩子。我這樣說，許多人會感到奇怪。小孩子有甚麼特別呢？他們的溜冰技術哪裏比得上成年人？

溜冰場的小孩子吸引我，始於去年冬季。一天下午，和彩華、兒子從唐人街的茶樓出來，一直逛到大會堂外的廣場。廣場上有許多人在溜冰。彩華那時正熱中於這種運動，提議到溜冰場看看。我是華南人，最不喜歡冬天；在零下的溫度，恨不得返回孩提的日子，鑽進被窩裏聽大人講冬天的故事；哪裏會自討苦吃，在溜冰場上撞向北風的利刀？至於站在場外觀看，更是活受罪。不過見六歲大的兒子也拉著我向溜冰場那邊走，使我成了少數派，只好充民主，順著他母子的意思前行。

溜冰場內，有百多二百人在疾掠、拐彎，或踉踉蹌蹌，學習駕馭滑冰鞋的冰刀。成年人有的技術超羣，可以向前、向後，或者向左右滑動；也可以和愛侶肩並肩，或者手拉手前進。年紀大些的，則戴著帽，把兩手挿入防風外衣的側袋，穩重地滑行。二十歲上下的男孩子，掠勢淩厲，可以稱覇全場。不過最吸引我的，是幾個六七歲的小孩子。他們的技術還比不上成年人，但他們有成年人所缺乏的生氣和莽撞。場上的其他人，都在逆時針方向繞圈滑行；這幾個小孩卻在人叢中橫衝直撞。對了，我就是喜歡他們橫衝直撞。他們時而從這一角疾射向另一角，時而超越前面的人，然後側身斜切，或挿入人叢這邊，失踪於刹那間，刹那間又自人叢的另一邊急竄而出。他們加速時上身向左右急擺，兩隻小胳臂也用力搖動，上身前俯，幾乎要觸到地上的冰；轉急彎時，就側著身，與地面一起把空間削成鋒利的銳角。他們的個子小，四肢又沒有成年人長，動作顯得特別急促，運動的線條也特別刺眼。在溜冰場秩序的流動中，這幾個小孩子就像初生的小蝌蚪，在水中亂撥亂游，眼中再沒有別的生物，也不知道甚麼叫寒冷，甚麼叫危險，只知道讓自己的生命力迸發。他們更像幾顆稚嫩的星星，剛在大化中成形就出了軌，在銀河系裏向四面八方亂射亂闖，隨時切過其他恆星的軌跡，不知道甚麼叫秩序，彷彿整個宇宙的空間只爲它們而設。和這幾個小孩相比，溜冰場上的成年人未免太穩重，太有秩序，甚至太暮氣了。幾個小孩，不就是青春本身，披上血肉之軀，在我眼前出現嗎？

漸漸，我看見黃花崗的烈士掠過，看見「四五」的青年向廣場聚集，看見尤利西斯告別陸地，登船，啓碇，向落日沐浴的遠方航去。

一九八七年十一月二十六日・多倫多

步英、意後塵？

加拿大航空公司（Air Canada）的地勤人員又罷工了。

我說「又」，是因爲幾個月來，就我所知，加拿大已經有十多宗大型罷工事件了：西岸的碼頭工人罷工，聖勞倫斯航道的工人罷工，某飛機製造廠的工人罷工，某大汽車廠的工人罷工……罷工……罷工……鐵路工人罷工……郵遞員罷工……郵局內部的職員罷工……

罷工的原因，都是勞資衝突；誰是誰非，第三者實在難以評說。可以是資方吝嗇，不顧職員的福利；也可以是勞方貪得無厭，不顧全大局，甚至受了桀黠者的煽動挑撥，成了別人的工具。結果呢，受害的是資方、勞方、大衆，以至整個社會的經濟。

大機構的僱員罷工一天，資方往往會損失百萬元、千萬元，這是誰都知道的了。至於僱員，也好不了多少；罷工期間，僱員是沒有薪酬的。勢力雄厚的工會也許可以發罷工費，但罷工費通常比薪酬少，而且不能夠一直發下去。僱員如果靠薪酬交房租或養妻活兒，很快就會感到生活的壓力。卽使沒有生活壓力，天天賦閒，也是苦悶不堪的。罷工事件如果發生在冬天，情形就更慘。人家上班，在溫暖的室內工作，罷工的僱員卻要把一塊二三呎寬、四五呎長的紙牌掛在胸前，在所屬機構的門口來回踱步，徘徊，一小時，兩小時，三小時……一天，兩天，三天……一星期……一個月……旣要忍受腐蝕精神的極度無聊，又要抵抗割膚的寒風。這，哪裏是罷工？簡直是地獄的酷刑，但丁見了一定不會錯過，一定會詳細地寫進《神曲》裏。

由此看來，勞資雙方是兩敗俱傷了。

何止兩敗俱傷？簡直是四敗四傷。

罷工期間，最憤怒的是無辜的大眾。今年夏天，郵遞員罷工時，許多經營生意的人說，郵政人員一罷工，他們的生意就減少了百分之八十。一些老年人，一向靠政府按月寄來的養老金過活。郵遞員一罷工，他們的生命線馬上被切斷。爲了應急，他們要親自到老遠的政府部門領取支票。六七十歲的老人家，要蹣跚著走路、乘車，其苦不問可知。至於千千萬萬的急件，因郵政人員罷工而遭禁錮，躺在郵局裏叫地呼天，後果更不堪設想。有多少人的生命、財產，會因罷工而受到無可彌補的損失，恐怕要找電腦才統計得清楚了。羅密歐與朱麗葉，就是因爲信息受阻而送掉性命的。今年，鐵路工人罷工時，靠火車運輸穀物的農民，每天的損失達數千萬元。加拿大航空公司的地勤人員罷工，不知有多少百噸的郵件受到影響。買了機票，趕赴機場才發覺沒有飛機可乘的「乘客」，不知有多少正趕赴婚禮，或急於到外地洽談大宗的生意，或十萬火急，要飛赴他城拯救垂危的病人……他們滿以爲利用最快捷的交通工具就萬無一失了；怎會料到地勤人員罷工？這千千萬萬的乘客，如果把心中的憤怒同時點燃，一定可以把機場炸毀。即使受影響的人不是急於參加婚禮、洽談生意、拯救病人，無辜在機場多坐十多二十小時，在某城多住七天八天，寶貴的時間白白遭人謀殺，無名火也會熊熊地在心中怒燒的。

我來了加拿大不過一年，竟也深受罷工之害。別的不說，光以今年九月底、十月初爲例，就可見這類事件的影響如何深廣了。在上述的一段時間內，只在多倫多，對我有直接影響的罷工就有三起；而要命的是，三起罷工竟同時進行。哪三起？郵局室內工作人員罷工（這是同一年內郵政人員的第二次罷工，發生於郵遞員罷工後不久）；大多倫多市九千多名小學教師罷工；約克大學的祕書罷工。

先說第一起罷工對我的影響。公元七五七年春，杜甫在長安寫〈春望〉，詩中有以下兩句：「烽火連三月，家書抵萬金。」加拿大沒有烽火，但郵政人員一罷工，我也是「家書抵萬金」了。至於說我的稿子在郵局裏坐了幾個星期的牢，更有「世副」的編輯可以作證。

小學教師罷工，影響更遍及全家。六歲的兒子遭學校拋棄，我和彩華就狼狽不堪，到處找臨時托兒所。某一托兒所願意收容他兩三天，我們就如獲大赦，盼望三天內罷工會結束。可是罷工竟持續了整整一個月，結果我們每隔兩三天就要四處奔走求救，每隔兩三天就要送兒子去老遠的托兒所，或從老遠的托兒所把他接回來；哪幾天兒子沒有托兒所收留，其中一人就得放下工作，專門照顧兒子。在這段時間內，我們的損失十分慘重；生活秩序給徹底地擾亂了，也不知道多少工時遭謀殺。別的家長也好不了多少。他們有的是單身家長，有的是夫婦二人都在外工作；學校關門，他們哪裏會有好過的日子？所以有許多家長忍無可忍，集體到省政府大樓前示威抗議，爭取兒女上學的權利。教師罷工期間，我看見七八歲到十二歲的孩子在街上成羣結隊，無所事事，就覺得家長抗議得有理。

第三起罷工，規模不大，但發生在我工作的機構，體驗也十分直接。平日，到學校授課時，公共汽車會直駛校內，在我辦公的地方停下；罷工期間，公共汽車拒絕越過糾察線，只在學校正門外的馬路停車，結果我星期一、星期五上課時，要多走十五分鐘的路，充分體會學校的龐大面積。下課後，自然也要花同樣的時間「散步」了。如此一來，每天要在路上多花一個多鐘頭。罷工結束後，一切都回復正常了吧？慢來。由於罷工的關係，課程被耽誤了，結果許多教授要在星期日補課；原定在十二月初結束的學期，要延長至十二月中。一次小型罷工，就把運行有序的眾星撞出了軌跡，把宇宙撞入了混沌；何況大型罷工！

個人的損失已這麼大，整個社會的損失，又要找電腦才統計得清楚了。

要搞垮一個社會以至國家的經濟，最佳的捷徑是罷工。撒徹爾夫人上任前，英國就是因爲罷工而變成「歐洲病夫」的。意大利的經濟這麼差，第二次世界大戰以來換了四十七個政府；短短的四十年間，改朝換代的次數竟超過中國的四千年；也是拜罷工之賜。

加拿大有關罷工的法律，我還沒有機會仔細研究。只是，我覺得，加拿大的罷工發生得太容易、太頻繁了。勞資談判不久，勞方就自動進入「合法罷工狀態」。在進入這狀態前，應該還有別的辦法吧？勞資雙方對立，不見得比勞資合作好。不信嗎？可以比較一下意大利和日本。

今年是加拿大八〇年以來經濟表現最佳的一年；多倫多的失業率由幾年前的百分之六・一降到百分之三・九。想不到今年的罷工竟然最頻繁。難道英、意的例子不能給加拿大人一點點的啓示？

一九八七年十二月四日・多倫多

打呵欠第一？

電臺報導，根據最近的一項調查，論人權、論生活水平，加拿大在世界上名列前茅；可是論沈悶（yawn factor），論市儈作風或庸俗氣（philistinism），加拿大也赫然高踞於榜首。（論沈悶，加拿大與丹麥、比利時、阿拉伯聯合酋長國齊名。）

加拿大是否庸俗，是否市儈，要有另一篇文章討論。丹麥、比利時、阿拉伯聯合酋長國是否沈悶，也不是本文的討論範圍。本文要談的，是加拿大的呵欠分數。

如果有人說，加拿大不像香港那樣多姿多采，一般人辦起事來也不像香港人那麼有效率，我是完全同意的；說加拿大最沈悶，打呵欠的分數居世界之冠，就很難服人了。

加拿大西部有一座城市，叫維多利亞（Victoria），以暮氣著稱；有人說，去該城的不是新近完婚（newly-wed）就是瀕臨斷魂（nearly dead）。不過即使維多利亞，也不至於淪為沈悶之最的。維多利亞是不列顛哥倫比亞省首府，位於太平洋之濱，風景優美，氣候溫和，誰到了那裡而要打呵欠，是這個人有問題，不能歸咎於該城市。

至於別的地方，更不容易叫人打呵欠。以多倫多為例，如果你喜歡大自然，你可以在夏日徜徉於湖畔，看白鷗在帆影之上迴旋，看涼藍的水色浸向美國那邊。要是你好動，你可以到湖中划船，或到湖中的島上騎腳踏車。這些玩意還不夠過癮嗎？就跳上最慓疾的跑車，駛出市區，射向地平線好了。加拿大有無窮無盡的空間，大如穹蒼，可以任最放蕩的流星、彗星肆無忌憚地竄逐。要是你不喜歡駕駛，就登上一列火車，越過大草原，或深入剛鑿的大化，看渺無人跡的原始森林或寂靜的湖山浮著幾百萬年前的氤氳吧。或者向北極挺進，與企鵝，與海豚，與愛斯基摩人為友。

也許你好靜，上述的活動不合你的口味，那也不要緊；多倫多市內有一流的音樂廳、天象廳、博物館、科學館供你流連。多倫多還有全世界最大的書局；你進了裡面，就可以像巨鯤入海，在知識的浪中遨遊，再不願返回陸地。

也許你說，我不是書獃子，書局於我何有哉？那麼，就到市中的公園尋幽探勝好了；多倫多的公園可以消磨不知多少個夏天。

那麼，冬天呢？我在華南長大，最怕加拿大漫長而又嚴寒的冬天。儘管如此，到了嚴冬，我還不至於打呵欠的。外面大雪紛飛嗎？就在屋內聽收音機，看電視好了。多倫多有數不盡的電臺，英語、法語、意大利語、西班牙語、德語……幾乎應有盡有。「啊，我不懂外語，怎麼辦呢？」那就收聽或收看中文節目好了。要是你喜歡音樂，光是莫扎特、維瓦爾迪、德布西，就可伴你度過一整個冬天。

「我的品味可沒有那麼高？」這也不要緊，就和家人到唐人街飲茶，和情人逛公司，和朋友打牌好了。多倫多有一流的購物商場；有極富中國色彩的食物；近幾年來，更增加了不少麻將高手。

這樣看來，不管你是地道的洋人還是初來的華人，不管你好動還是好靜，年老還是年輕，到了多倫多，都不應該有時間打呵欠的。

一九八七年十二月五日・多倫多

多倫多的春天

黃昏，黑褐的歐椋鳥羣集在光禿禿的楊樹上，喊喊喳喳，談論著我一直想聽的話題。它們說：「春天又來了，我們飛過滿城的綠意，到安大略湖濱看藍浪回暖吧。」

歐椋鳥的話沒說錯。看見它們密密麻麻地佈滿了枝椏，欣然曬著太陽，我就知道，多倫多的春天終於降臨了。

香港和臺灣的朋友，見我提到春天時竟用「終於」、「降臨」一類字眼，也許會感到詫異。不過，他們如果到了多倫多住下來，說到春回大地，也必定像我一樣，要動用「終於」、「降臨」一類充滿感歎味道的詞語。

和港、臺相比，多倫多的冬天特別長。每年過了九月，你就會引領等待春天。廣東人有一句話，拿來形容多倫多人盼望春天之情最貼切：「等到頸都長了。」來多倫多後，我眞的怕脖子有一天會加長，長如這裏的冬天。

然而，春天畢竟來了。二月過後，三月的雪漸稀，而且降落地上不久就會融掉；不像一、二月的雪，一到地面就賴著不走，既不畏陽光，也不怕雪剷。

三月，多倫多的天氣仍寒。星期六和兒子到唐人街飲茶仍要戴手套。可是經過了冬天的嚴峻考驗後，我和兒子都像忍耐了一季風雪的綠芽，要無限欣悅地衝入不再砭膚的春風中。我和兒子，和所有的多倫多人，都是忍冬，到了春天哪裏有不興奮之理？興奮的還有滿城的樹木呢。不信嗎？請看億億兆兆片鱗葉內，蠢蠢欲動、隨時要迸發出來的綠色生命。

到了四月，氣溫升到了零度以上，而且維持頗久，你就知道，多倫多已進入仲春。你門口的空地，整個冬季都覆著雪，這時會長出嫩草。早上醒來，你會聽到鳥囀，聽到眾雀在屋後樹林鼓翼的聲音。撥開暖紅的帷幔望出窗外，你看見一隻紅腹黑尾的知更鳥掠過濕椏，消失在林中。

這時，你只想衝出室外，踩過濕潤的草地，到樹林裏，或者到安大略湖邊，看東風吹起幾隻海鷗。

白晝是越來越長了。下班後，許多人都不想回家，都想在外面多待一兩個鐘頭。多倫多的街道又長，又直，又清潔，不遜色於世界上任何城市。多倫多的公園比比皆是；市區的空氣，以大城市的標準衡量，是一流的。我和彩華、兒子沿大學大街南行，然後拐彎，在涼風中走向大會堂的廣場，買一個蛋卷冰淇淋給兒子，坐在光潔的地上，曬著越來越暖的陽光。到了七時，太陽仍未回家，我們自然也賴著不走了。

不久，金星從西邊升起，比其他天體都亮。它的西南是畢宿五，東北是五車二。四月的星空有暖風，有涼露，有春的信息。四月的星空告訴我，春天，又從既溫馨又涼洌的天琴降落多倫多了。

一九八八年四月六日・多倫多

再逢大地

乘火車在華北平原飛馳，你會叫無邊無際的廣袤震懾。在你眼前，以風的速度疾滾向天邊的，是名副其實的大地。

第二次見到大地，是在北美洲。一九八〇年乘飛機從意大利往多倫多，一過大西洋，看見一萬五千公尺之下碩大無朋的土地，白茫茫的從十萬億世界之外靜捲而來，再向十萬億世界之外靜捲而去，刹那間，我幾乎要窒息。

以後，從芝加哥飛西雅圖，晴天麗日下看波音七四七噴射客機的巨翼，以時速八百公里抹過一萬五千公尺之下的平原，抹好幾個小時仍抹不盡，名副其實的大地，又一再向我展示眞面目。

要接受大地的撞擊、震撼，最佳的方法是乘火車衝入不毛之地；或射過大草原、大平原。對，射過大草原、大平原，像神矢從后羿的巨弓射出，呼嘯著奔赴遠方，以地平線外的永恒爲鵠的。

到多倫多後，工作太忙，還沒有時間實現奢侈的願望：坐火車橫越加拿大，就像一九七七年如電鞭掃過華北的空間。空間的誘惑太大了，如果我是阿彌陀佛，能夠許四十八個願，其中一願必是：成爲彗星，曳著一百萬公里、甚至三億公里的長髮繞太陽飛旋，在武王伐紂時出現，授殷人其柄；在魯文公十四年秋七月，孛入於北斗；在一九八五年十一月十八日，進入千百萬具望遠鏡的焦距，然後繼續不羈的旅程，輕而易舉地切過天王星、海王星的軌跡。我再來時，當年看我在昴星團附近出現，或看我橫跨半個天空、威脅著銀河系的人早已回歸大化，或成爲白髮老翁了。

在昴星團附近出現，離太陽二億五千萬公里、離地球一億公里嘯過望遠鏡的焦距多好！這樣的幻想不能實現，在多倫多再逢大地也不錯。

那天，學校的同事請客，我坐著主人的車子從多倫多北部西馳，再度看到了天之廣、地之闊。

加拿大除了西部有崇山外，其餘部分都是一去千里的平地。置身其中，你覺得空間在四周恣縱地馳驟，那麼跋扈，那麼飛揚。其實，即使在大多倫多市內，離開了商業區，空間已經會逼你睜目驚視的了。在香港，建築物都向高空發展；如非出海，視線通常抛不遠。到了多倫多，發覺加拿大彷彿在向我炫耀空間，市外絕大多數的建築物都不超過兩層，或正方，或長方，雍容坦蕩地向四邊展開，彼此相隔又往往很遠。加拿大人使用空間如此慷慨，如此大方，眞叫我這個香港人眼界大開。在香港，中、小學校舍鮮有低於三層的（母校皇仁，是我所知的唯一例外）。多倫多的中、小學，則以兩層、三層爲常態。至於其他建築物，也像一方方的豆腐，平平扁扁地放在天空下。

出了大多倫多市，在北部的郊區飛馳，建築物越來越疏落，草地、田野越來越廣。時速百多公里的汽車朝遠方的一棵矮樹射過去，好久好久才射到；前面又有一座小屋，從地平線下面冒出來揶揄小小的汽車。高速公路，這時在前面射過來，刹那間已射入了車後的天邊。面對眼前那地接天、天連地的空間，我感到昂揚，又有點驚悸。想不到見過長江口的鴻濛和巴黎天原大道，再逢無垠的廣袤時，仍有這樣的感覺。漸漸，我的頭髮迎風而舞，而且開始發光，延長……十公里，一百公里，一百萬公里，一億公里……最後，我全身燦爛如銀河，橫跨了半個天空，並以駭人的高速，衝太陽風奔赴近日點。

一九八八年四月二十三日・多倫多

大名背後

——畢加索的另一面

曾任美國總統的甘迺迪、歌頌上帝的貝克、傳播福音的斯瓦格特，一度是大眾景仰信服的對象。到他們的私生活被揭開，大家才知道，隱藏在大名背後的，不過是奴役於各種慾望的凡人。

今年六月份的《大西洋》月刊，又給讀者介紹了一個類似的名人——西班牙畫家畢加索。

稍微涉獵過西洋美術史的，都不會不認識這個藝壇奇才。「藍色時期」、「立體主義」、〈亞威農少女〉、〈格尼卡〉……大概連門外漢也能背誦了。畢加索，圖畫教師何塞・魯伊斯・布拉斯科（José Ruiz Blasco）之子，從母親姓畢加索。生於馬拉加。十歲已經擅畫，十六歲開畫展，一九〇〇年赴巴黎定居。藍色時期（一九〇一—一九〇四）所繪的人物神祕扭曲，以藍色爲主調。一九〇七年完成〈亞威農少女〉，奠定了立體主義。日後，畢加索的發展變化多端，古典主義、浪漫主義、現實主義、表現主義、抽象主義、自然主義都是他的勢力範圍；他的作品包括畫、雕刻、陶瓷、芭蕾舞佈景、書籍插圖、畫像，處處表現了純熟的技巧和豐富的想像力。

上面所述是畢加索的正面。《大西洋》月刊所登的文章，則展示了畢加索的背面。文章的題目是「創造者與破壞者」（Creator and Destroyer）。作者阿利安娜·赫芬頓(Arianna Huffington)在肯定畢加索的成就之餘，也敍述了他的卑劣和渺小。

在這篇文章中，畢加索是個大色魔。傑出的藝術家（或別的甚麼家）大都有充沛的精力；充沛的精力往往來自旺盛的里比多(libido)；里比多和性慾又往往渾然難分。因此精力旺盛的藝術家好色，是尋常不過的。外國人沒有中國禮教約束，把原我(id)這頭畜生放出來時，會更加令人側目。歌德、葉慈、羅素、勞倫斯都是疏於管治畜生的典型例子；但和畢加索比較，都成了小巫。我的記性還不算太壞，可是讀完了阿利安娜·赫芬頓的文章，竟記不清畢加索有多少個妻妾，多少個情婦了，更記不清他曾經與多少個女人苟合。畢加索成名後，不少女性——其中有許多人年輕得可以做他的孫女——慕名而至，爭著向他奉獻肉體；而這個老當益壯的祖父、曾祖父也樂於「君臨」這些畢迷，以共宿代替簽名。

畢加索「君臨」得太隨便了，結果連兒子也看不過眼，稱一批批自願供父親洩慾的女子爲「爹的娼妓」。當然，這位兒子的母親也可以告訴讀者，畢加索當年又用甚麼手段把她弄到手來。

男子追求女子，即使如《詩經》中的人物那麼「溫柔敦厚」（其實，《詩經》裏面的男子，有時並不怎麼溫柔敦厚），也不免要用手段。男女之間如果沒有手段，人類社會就不會有夫妻這種大倫了。因此，男子用手段追求女子，本來無可厚非。不過在一般人的眼中，畢加索的手段未免過於直接，過於原始了。他可以在地下火車站拉著素未謀面的女子，要和她相好；不久就男歡女愛，並且在雲雨後把豔遇錄諸丹青。他在餐廳看見美女，可以目不轉睛地盯著她，然後設法把她弄到手裏。（據赫芬頓所說，年輕的畢加索，眼睛充滿磁力，女人落入了他的磁場，都要乖乖就擒。）這樣追求女子，譽之者會說他坦率可愛，有羅密歐之風；惡之者會斥他猖狂急色，其行徑不僅是苟合，簡直是狗合了。

上帝要動物繁衍，所以一雄常要佔據數雌，儘量增加播種率。用茶壺和茶杯的名喻說，畢加索是一壺數杯，不，一壺數百杯，數千杯……拜倫的情人也多不勝數，但和畢加索比較，恐怕要屈居下風。在辜鴻銘一壺數杯的世界裏，茶壺還可以從容地向茶杯斟茶；在畢加索的世界裏，茶壺大概不能從容地斟，而要匆遽地倒了。

男子見了美女就要追求，是出於動物本能的驅使，情有可原。可是據赫芬頓的記述，畢加索在男女關係上，是變態的。黃春明在小說裏描寫過一羣日本遊客，相約到國外尋歡，誰玷污的女子最多，誰就獲冠軍。英國十八世紀的小說家如塞繆爾・理查森（Samuel Richardson）、亨利・菲爾丁（Henry Fielding），也寫男人如何以玷污女子爲樂。讀了赫芬頓的文章，發覺畢加索比小說中的人物還可怕。他不但以玷污女子爲樂，視玷污女子爲大丈夫的表現，而且還有性虐待狂；不但毆打女人，而且還以變態行爲加諸她們身上。讀者看完了赫芬頓的文章，會想起德薩德侯爵（Marquis de Sade）。

畢加索虐待女人之餘，還要完全把她們佔有、控制，視她們爲玩物。有一個女子比較堅強，想尋求獨立自主，竟遭到逼迫，幾乎陷於絕境。另一名女子則被他逼瘋了，最後以自殺收場。

畢加索貪新忘舊的速度十分驚人；舊愛的香澤尚留在衾枕之間，他已獵到了新歡。他晚年喜歡赤裸著上身，穿一條短褲，或者披一條毛巾，一派無邪的神態，活像甘地，殊不知他卻是個情場老手、說謊專家。和新歡糾纏得如膠似漆的剎那，居然還寫信給舊愛，大呼：「我愛你，我永遠愛你，世界上，我只愛你一個！」他和新歡的戀情越濃，給舊愛的信就越親密。

這個貌似天眞的老頭，在下列事件中表現了極殘忍、極自私的一面：有一次，他和新歡在畫室裏相對，被舊愛查出了。舊愛排闥直入，向畢加索質問：「你究竟是我的還是她的？」畢加索冷然回答道：「你們打一場，用分勝負的方式決定吧！」於是，兩個情敵就抓頭髮、撕衣裳，在畢加索面前扭打起來。畢加索則若無其事，繼續繪畫。

下面的事件，性質相似，也能助讀者了解畢加索冷酷自私的一面。畢加索善於替自己宣傳，善於塑造形象，是同代的畫家馬蒂斯的反面。有一次，畢加索的某任妻子即將臨盆，要坐家中的車子往醫院，但畢加索不讓她使用車子，因爲畫家要出席一個和平會議，以塑造自己的形象。有人提出折衷辦法：讓司機載畫家出席和平會議時，先順道把女主人送往醫院。但提議不獲批准；結果司機要先送男主人出席和平會議，然後才回來把隨時要分娩的女主人送往醫院。

畢加索熱愛和平正義的姿態，爲他贏得了國際美名。他的名作〈格尼卡〉控訴德軍空襲西班牙，幾乎成了他正義的招牌。實際上，他是否眞的那麼熱愛和平正義呢？據赫芬頓所述，德國侵略西歐期間，畢加索的朋友都以行動去捍衞自由了，畢加索本人卻在巴黎逍遙，並且以玩世的態度替自己開脫。

爲了自保，畢加索可以變得十分渺小。巴黎盧弗爾博物館失竊，他發覺自己和好友阿波里耐（Guillaume Apollinaire）所購的藝術品原來是贓物，於是想把藝術品丟進塞納河去滅跡。二人沿塞納河畔走了好久，都因爲怕人看見，未能沉掉贓物。二人無計可施，只好回家。其後，畢加索被捕。到了警署，發覺阿波里耐已先他而至。在動物本能的驅使下，他像彼得對待耶穌一樣，不承認眼前的人和自己有關係。日後，阿波里耐雖然仍與畢加索來往，但心中的陰影是抹不掉的了。

畫家的另一個好友，第二次世界大戰期間被德軍拘禁。許多人聯名寫請願信，希望把他救出來。請願信簽署完畢，大家發覺受害者平時最要好的朋友畢加索，竟沒有在上面簽名。畢加索的緘默，自然響亮如霹靂了。於是有人問他爲甚麼不簽名。他答道：「嘻嘻，他自己可以脫身嘛。」

心理學家卡爾·雍（Carl Jung）參觀畢加索的畫展後，從展覽室出來，斷定畢加索患精神分裂。因爲卡爾·雍發覺，畢加索的作品和精神分裂病者所畫的畫完全一樣。

畢加索開畫展時，公共關係搞得比誰都好；參觀者進場時，往往會給他禮物；他帶有口音的那句「多謝」，不知爲他賺了多少好感。海明威進來參觀時，剛巧畢加索不在場。守門人對海明威表示，來這裏觀畫的，都應該給這位藝壇大師送點禮物。海明威於是轉身離開，過了一會送來了禮物——一箱手榴彈。

一九八八年七月十三日・多倫多

四個影子

一幅那麼簡單的廣告，竟給我這麼大的震撼。

去年，多倫多街上的電車站、公共汽車站貼出了一張數呎長、數呎寬的廣告，是某一慈善團體設計的，對象是新近失去了兒女的父母。

廣告只有一句簡單的話：你失去了至愛的親人，我們也感到難過。原文的後半部是 WE SHARE THE PAIN。四個單音，凝聚了渾厚的感情，與弔唁卡片的文字比較，眞有天壤之別。

也許慈善團體的工作人員悲天憫人，結果悲憫推動他們的手，寫出這句毫無雕飾，卻感人至深的話吧！

我的思緒仍在黃昏中浮游，眼睛已接觸到廣告的畫面：一家人，正向著夕陽走去，最右邊的是年輕的父親，父親左邊是母親，母親左邊是一個數歲大的孩子，右手由媽媽的左手拉著，父親和母親之間空了出來。一家三口，若有所失地向前走。前方是空茫一片，甚麼也沒有。我悵然望著畫面，不知怎的，竟不能把目光移往別的地方。就在這時，我發覺並列而行的雖然是三個人，投在地上的卻是四個影子。多出的一個影子也是小孩，置身於父母親的影子之間，個子比最左邊的小孩略高，大概是哥哥吧？剎那間，我呆住了。我的眼睛再看不到別的東西，靈魂不由自主地出了竅。哥哥是甚麼時候走的？怎麼這樣小的年紀就走了？別了爸爸，別了媽媽，留下弟弟，去一個很遠很遠的地方。那地方，在斜陽和衰草之外，還是在西風也吹不到的絕域？走了，就這樣走了，只留下一個影子，一個觸不到、摸不著的影子，在父親的左邊、母親和弟弟的右邊，不再言語。是甚麼把他召去的呢？這麼匆遽，還沒有陪弟弟多久，就走了。四個影子，一個連一個；可是把影子投在地上的，只有三人。父親和母親之間的空隙這麼大，大得可以容納那黯然的夕陽。哥哥走後，弟弟只知道跟爸媽，跟不說話的爸媽前行。哥哥走了，再也不會回來；兒子不辭而別，再也不會出現；不會從後面奔跑著趕來，呼喚著爸媽，然後拉著爸爸的左手和母親的右手，一起說說笑笑，繼續在夏天的黃昏散步，和爸媽，和弟弟。

然而，這是秋天，是盛夏已過、寒冬將臨的季節；是三個人，三個無比寂寞的人，在沒有歸宿的荒郊前行，沒有言語，漫無目的，身邊多出了一個徘徊不去的影子。

漸漸，在那沒有歸宿的荒郊，出現更多的人，影影綽綽。最後竟變成了成千上萬，百萬，千萬，億萬蒼生，比恒河的沙要多；都是三人一列，不言不語，在沒有歸宿的荒郊前行。夕陽，在他們的身後，投下四個影子。

一九八八年七月十八日・多倫多

總要走一條路

公共汽車、電車、地下火車都張貼著一張說服力極強的廣告，標題是：「你知道嗎？心臟病是加拿大的第一號殺手。」標題之下是廣告的內容，呼籲加拿大人捐款給心臟病研究會。

最近，某國際組織對加拿大人的慷慨推崇備至，說加拿大有樂於助人的優良傳統。我來多倫多雖然不足兩年，但也有同感。上述的廣告也說明加拿大人熱心公益，所以成立心臟病研究會，爲病者解除疾苦。我看了廣告後，衷心希望這個研究會能早日達到目標，戰勝加拿大的第一號公敵。

不過，在誠心爲心臟病研究會祝願的同時，我還有另一種想法。

到目前爲止，醫學還不能消滅所有的疾病，更未能使人長生不老。如果消滅了心臟病，其他的疾病也跟著絕跡，當然再好不過；但至少在未來的幾十年，甚至一百年之內，這樣的美景大概還不會出現。至於衰老這個惡魔，自亞當、夏娃開始，一直纏著人類，似乎要永遠賴下去了。去年，加拿大著名的《麥克萊恩》雜誌（*Maclean's*）在科學版報導，紐約洛克菲勒大學在防老的醫學研究上取得了成績。但看完了全文後，我仍然覺得，人類想搖身一變，成爲永不衰老的金童玉女，不知還要等多少個世紀；至於長生久視的至福境界，更是渺茫得不能再渺茫。

因此，我們的凡軀仍要死亡、腐朽。有一天，我們仍要告別妻兒親友，去一個遙遠的地方，而且一去不回。古代的秦始皇想賴著不走，牛頭馬面還是把他帶走了；現代的秦始皇也想永遠做今朝的風流人物，於是以爲自己可以不朽，患了帕金森病仍張著口上電視，十分可笑。結果呢，也是俱往矣。

我們比兩個秦皇渺小，知道自己終要上路。至於走甚麼樣的路，則因人而異。有的人喝醉了，下樓梯，一跌，上路了；有的人在高速公路上飛馳，偶一分神，或機器失靈，也上路了；有的人在兵燹中上路；有的在天災中出發；許多無辜的蒼生，則在大鵬灣，在南中國海和紅色高棉被暴政送進永不天亮的黑夜……最寧靜的路在牀上：吃過晚飯，和妻兒說笑，看幾首自己喜歡的詩，然後和孫子道晚安，上牀，關掉柔和的牀頭燈，入睡，睡最寧謐最永恆的覺。這樣不辭而別，家人在第二天早上雖然會十分傷心，但無論如何，這樣上路，比臥在病榻數月，甚至經年，似別不別，欲去還留，耗盡家人的錢財和精力才道別好得多了。

經橫禍之門上路，由於太可怕，絕大多數的人都不會喜歡。剩下的出口，都要通過疾病。「生老病死」這句俗語，已清楚地指出，疾病是大化循環的一部分，誰也逃不了。毫無疑問，凡是疾病都可怕，而且都會帶來痛苦，導人上路的疾病尤其如是。但比較之下，最乾淨最舒服的疾病，大概是心臟病了。路既然一定要上，誰都希望上得舒服些的。痛苦最少的上路方式，應該是油盡燈枯式。心臟停止搏動，正是其中一種。心臟搏動了七八十年，從來不放假；日班完了又要上夜班，老闆鼾聲如雷，他仍在努力不懈地工作；老闆爬山、打網球享樂，他就工作得更起勁更勤奮。試問，世界上還有更好的職員嗎？現在，這位模範職員要休息休息，應該是合情合理吧？關了柔和的牀頭燈，閉上眼睛去睡最寧靜的覺，我覺得不但不可怕，而且簡直有點詩意。把心臟病消滅，讓癌症成爲頭號殺手，情況會更糟。許多醫生說，癌症近年來並沒有增加，只不過醫學進步了，本來會患別的病去世的都不患那些病了，於是都延了年，有更長的時間冒癌症襲擊的風險。結果，癌症的死亡率也就比以前高。

在疾病和死亡絕跡前，人類總會有頭號殺手的。這頭號殺手，不是心臟病就是癌症，或者是肺氣腫、腎病、肝炎……就我個人膚淺的醫學常識來說，許多致命的病都十分磨人，而且在精神和肉體上都給病人帶來極大的痛苦。比較仁慈的，似乎要數心臟病。頭號殺手既然無可避免（心臟病不演這個歹角，更可怕的疾病會爭著上場），那麼，如果心臟病不肯退位讓惡，我是會默默贊成的。用政治爲喻，如果人類一定要在獨裁政權下生存，活在馬可斯之下總比活在波爾・布特之下好。不過，我選心臟病爲頭號殺手，有一個條件。那就是，在我滿七十歲之前，他不可以找我，因爲我還有許多事情要做，沒空接待他。如果他提前找我，我不但不投他的票，而且還會找一位大英雄，像諾斯上校懲戒卡達菲那樣對付他。

如果這個條件獲得滿足，我倒希望醫學界傾全力對付第二號殺手——癌症。

四十多年前的一個晚上，年逾七十的祖父上牀睡覺，一睡就沒有再醒過來。祖父生時喜歡看佛經，不怒不嗔，爲人慈祥而老實。他和祖母相依爲命，生活雖然清苦，卻安貧樂道。他辭世辭得這麼安詳，村中的人都說是積善所致。老壽而死，《尙書・洪範》稱爲「考終命」，是五福之一。祖父不但終得考，而且終得善，那就在五福之外多得一福了。此刻，他一定到了西方的極樂世界，生活在阿彌陀佛周圍。

祖父，大概是因爲心臟停頓而卒的。

幾年前，在一首題爲〈最後，我會像一片雪〉的詩裏，說過以下的話：

最後的一個冬夜，

屋外下著雪，
我獨坐在火爐旁，
垂首望著紅焰在煤球上靜逐。
幾十年前的笑聲，
在我耳際響起，
然後像一陣山風
在遠處的疊嶂消失。
這時，我會默念一些名字，
原諒所有的敵人，
讓記憶像長長的沙灘
在月明之夜靜靜展開，
在銀輝下讓波浪
把腳印柔柔抹去。
當煤球的火焰熄滅，
我就會安詳地入睡，

像一片雪，潔白無瑕，
春暖時融入大地。

說這些話時，我還沒來多倫多，不知道心臟病是加拿大的頭號殺手。但說來奇怪，我當時竟投了加拿大第一號殺手的票而不自知。現在回顧，我想是受了祖父的影響。

一九八八年七月二十八日・多倫多

沒有阿波羅

不看公共汽車、電車、地下火車的廣告還好，一看就覺得人類一無是處。

「每一百人之中，有一個人患精神分裂。」

「每五百人之中，有一個人患亨廷頓舞蹈病。」

「每三百人之中，有一個人患纖維變性。」

「每一百人之中，有三個人患糖尿病。」

「每一千人之中，有一個人患愛滋病。」

「每一百人之中，有五個人的心臟有問題。」

每幅廣告以客觀而冷酷的統計數字吸引了你的視線後，就會向你說明該種疾病的性質，描述發病時如何可怕，患病的人如何痛苦……然後，彷彿塵世還不夠悲慘，廣告會告訴你，你就是該種疾病的患者；即使現在不患，也是時辰未到而已。廣告的撰稿人，一定唸過亞里士多德的《詩學》，深得悲劇創作的三昧，否則不會這樣輕而易舉地，就引起了你的憐憫和驚怖。廣告的目的是勸人捐款給有關的慈善機構或醫學研究會。看了廣告的文字，覺得撰稿人善於發揮文字的力量，一定能達到募捐的目標。

上述的廣告，只是我看到的一小部分；如果全部列出來，這篇小文恐怕容納不下。這些廣告看多了，只覺得這個世界太不完美，殘疾或者缺點，誰都要分一份，其中只有輕重之別罷了。有誰自負到嘲笑人家的殘疾缺點，只證明他無知。

也許是這個緣故吧，柏拉圖乃有「理念」之說，認爲事物不過是理念的影子或摹本。「生命」，用雪萊的話說，「像斑斕的玻璃圓穹，玷汚了永恆底白色光芒」（Life, like a dome of many-coloured glass,/Stains the white radiance of Eternity），自然充滿了缺陷。也許是這個緣故吧，古代的希臘人乃塑造出阿波羅來。阿波羅是太陽神，集英俊、勇武、智慧於一身，負責掌管光明、青春、射箭、醫學、音樂、詩歌、預言……他，是光明的化身，是最美的美男子。凡人所渴求的優點，他幾乎都具備了。

在現實世界裏，可沒有這麼完美的人。男人是濁物，是不用說的了。卽使是女人——人類較好的一半，也還是不完美的；卽使是女人，也像翻譯一樣，到了最高境界，充其量也只可以稱爲缺點最少（the least imperfect），不可以稱爲完美（perfect）。可不是嗎？找到了漂亮的女子，她又欠缺智慧；找到了智慧的女子，她又不夠漂亮；既漂亮又智慧了，又不夠貞潔；夠貞潔了，又喜歡發脾氣；不發脾氣的喜歡亂花錢；不亂花錢的總喜歡說是非；不說是非嗎？哈哈，她又喜歡……說到男人，缺點就更多了，饒了他吧！

噫嘻！阿波羅也不見得怎麼完美。阿波羅好色，不然就不會窮追黛芙妮，不然就不會與數不清的女人、山鬼、水仙胡混；阿波羅小氣，不然他不會活剝森林之神馬西亞斯的皮。而且，阿波羅還可能患有亨廷頓舞蹈病或諸如此類的殘疾；不然，瑪佩莎不會寧嫁凡夫伊達斯而不嫁他這個天神。阿波羅是太陽的化身；太陽不是也有黑子嗎？

想到這裏，我對人類的信心才恢復過來。

一九八八年七月二十九日・多倫多

楓香

愛爾蘭小說家喬埃斯，善於發揮文字的魔力，在《守芬尼根之靈》裡，把英文字和外文疊來砌去，百煉千錘，彷彿要捕捉窈冥外的天籟，去打開天關，把諸天的神佛和大千森羅接到凡間。喬埃斯的本領，凡是唸英國現代文學的都不會不知道。

其實，喬埃斯筆下的那種魔力，即使在最普通的文字裏，也可以找到。中文的「光」字，念起來弘壯響亮，在閶闔曉鐘開萬戶的一霎間，你不但聽得到，而且也看得見萬千億金箭轟鳴，以秒速三十萬公里飛射向宇宙的盡頭。法文的 lumière 一唸，你就會看見一道光，柔和、稠滑，而又潤渥，無聲無息地從天穹緩流而下，比英文的 light、西班牙文的 luz、意大利文的 luce、德文的 Licht、拉丁文的 lumen 都要軟滑。

來加拿大後，又著了另一個符咒的魔。

加拿大以楓樹著稱，國徽和國旗的標誌是一張楓葉，因此許多人稱加拿大爲楓葉國。正宗的楓樹，屬金縷梅科，是落葉大喬木，高達四十米。互生，三裂，有細鋸齒，幼樹常五裂。花單性，同株，頭狀花序，春季與葉同放。蒴果集生成頭狀果序，有宿存細長花柱。種子矩圓形，上部有翅，不孕性種子無翅……喜光，喜生山麓河谷，生長尙快。木材輕軟，細緻，但易開裂，不耐朽，可製板箱。秋葉豔紅，供觀賞。（《辭海》，「楓香」條）

沉悶的資料，和其他樹木的解釋沒有兩樣。

英文名字呢？Beautiful Sweetgum，美麗的膠皮糖香樹。不算太壞，能訴諸味覺、嗅覺，但也不見得太好。可是，拉丁文一出……

拉丁文？又古老、又嚴肅的拉丁文，誰想得到？英語的文體家教人多用那些由古代英語（Anglo-Saxon）衍變而來的詞彙；如非必要，應避免採用源出拉丁文的字。家裡失火，要大叫 Fire！不要叫 Conflagration（源出拉丁文的 conflagratio）。現在拉丁文竟勝過英文，文體家也許會感到意外吧？

這棵樹像別的樹一樣，也有一個拉丁學名。別的植物學名，通常充滿了學術味道，而且往往像解剖刀一樣冷；這棵樹的名字卻不同，一看就會神爲之顚，魂爲之倒，恍恍惚惚地著魔……

Liquidambar，新拉丁文。Liquid源出拉丁文liquidus，流動、液態、清澈、明亮、透明、純淨的意思；ambar，中古拉丁文，是琥珀的意思。啊，液體琥珀，流動琥珀，清澈、明亮、透明、純淨的琥珀。千樹萬樹之中，還有更美的名字嗎？

在金色的涼風中，藍天叫十月的露水洗得瀏亮。顫楊，在河谷，在原隰，像千千萬萬片細碎的金子閃爍輕晃，在一條澄澈的河裏讓淘金的秋去細細柔柔地篩。金盞花、金光菊、金銀木如千千萬萬的金星和銀月發光。北美鵝掌楸、銀杏、檫木、光葉山核桃、美洲鐵木滙成了金漣漪，從我的身旁一直泛向天邊，浸著天邊若有若無的藍琉璃。烏桕、橡樹、細枝莢蒾的葉子是億兆片紅瑪瑙從太清天撒落凡間。在太清天之上，在至曠至絕至深至遠處，一滴金黃的琥珀，渾圓如火珠，先兩儀和太極而生，正無聲無息地從衆寂之巔搖著光，搖著最清明最澄澈的光芒在滾顫，深蘊著三千大千的影子在靜旋，然後緩淌而下，漸漸滙成光潤，如閃光綢起伏摺疊，沒有聲音，只是沿著碧穹的冷琉璃柔柔地溜瀉而至。Liquidambar！Liquidambar！光琥珀！琥珀光！宇宙最透明最純淨的液體，涵著最晶瑩最飽滿的光輝，如月芒，如日珥，幻化成溫暖的渥彩，爲諸天神佛，爲你我的凡軀洗禮……

最後，琥珀的光河流向遠方，流入窈冥深處……

而我，發覺自己一人，徘徊於邊秋，徘徊於雁聲初寒的月份。那時潦水早盡，寒潭已清，湛湛江水兮上有楓，目極千里兮……一縷楓香，如晚烟懸浮在江面。

一九八八年七月三十日・多倫多

杯唇之間

杯子和嘴唇之間的距離有多遠？

比銀河的此岸到彼岸還要遠。

最近，天文學家發現了人類能夠看得到的最遠的星系 4C41.17。從地球量度，該星系與地球的距離等於宇宙已知直徑的十分之九，也就是說，該星系幾乎位於宇宙的邊陲。

杯子與嘴唇之間的距離更大。

杯唇的距離有這麼大？有。

一位現代小說家，寫過一部小說，書中所敘的時間，不是《百年孤寂》（*Cien Años de Soledad*）的一百年，不是《尤利西斯》（*Ulysses*）的一天；而只是一個人自殺時，子彈射出槍管，進入腦袋前的千分之一秒。千分之一秒內發生的事情，居然充塞了厚厚的一部小說，那麼，嘴唇湊向杯子，或杯子移向嘴唇時，中間發生的事情不是可以充塞整個宇宙嗎？

這個道理，英國人早已發現。所以他們才會以 between cup and lip 一語指事情將成未成之際，才會說 There's many a slip 'twixt the cup and the lip（指凡事難以十拿九穩）。從開始到最後的成功，雖然像嘴唇到杯子的距離，但在這段距離中，會有意想不到的變化。

桌上有一杯蜜糖。拿在手裏，想喝；嘴唇湊過去，還沒有觸到杯緣，旁人無意一撞，哐的一聲，杯子掉到地上，蜜糖喝不到了。桌上有一杯蜜糖。你的舌蕾如千萬匹渴驥，不再受意志之韁約束，都竭力要擺脫你的控制。你只好伸手去拿那杯蜜糖，可是由於心急，手指一滑，杯中的蜜糖全濺到桌上了；蜜糖又喝不到。你全神貫注，兩手緊抓著杯子，並且眼觀六路，耳聽八方，避免給冒失鬼撞到；你的嘴唇在觸到杯緣的刹那，天花板的吊燈突然墜了下來，哐啷一聲，你自然又喝不到蜜糖了。你連天花板也審視過了，步步爲營，以爲蜜糖一定喝得到，偏偏在嘴唇辛辛苦苦地越過了億萬里空間的時刻，窺伺已久的敵人一扣扳機，砰的一聲，杯子被射得粉碎……

諸葛亮在五丈原步斗踏罡，走進了冥冥中去求陽壽，在主燈漸亮，成功在望時偏偏有魏延衝進來一腳把它踩熄。凱撒大帝最信任布魯圖，視之爲心腹，結果死在布魯圖的匕首下。

在現實世界裏，最可靠的事和最可靠的人，在某些因素改變時，往往變得最不可靠。彼得不認耶穌，是典型的例子。你以爲十拿九穩，十拿十穩，偏偏就會碰上不穩。

策劃政變推翻赫魯曉夫的，是赫魯曉夫一手提拔的勃列日涅夫。這兩個人都不是善男信女，誰給誰推翻，旁人都無須寄予同情。不過在赫魯曉夫的立場說，給自己一手培植的人推翻，也眞冤枉。巴基斯坦前總理布圖和最近墜機去世的巴基斯坦總統齊雅，也有類似的關係。布圖任國家元首時，齊雅在軍中所任的職位不高。布圖一手把他提拔，讓他越級跳上軍中最高的職位——參謀長。齊雅一向對布圖既敬且畏——至少在表面上是如此。有一次，齊雅正在吸烟，布圖忽然駕臨。齊雅馬上把燒著的香烟塞進口袋裏，不讓布圖看見。日後，發動政變推翻布圖，並且不顧各國領袖的緩刑請求，把布圖吊死的，也是齊雅。布圖垮臺前政績不佳，用高壓手段打擊反對他的人；後來，齊雅政權對他的控罪，就是「企圖謀殺政敵」。齊雅本人，上任後實行伊斯蘭式統治，對犯人執行斷肢之刑，並且扼殺民主，以武力奪到了至尊之位後，遲遲不舉行大選；但在支持阿富汗游擊隊時全力以赴，毫不畏縮，助游擊隊把蘇聯的侵略軍和阿富汗的傀儡政權打得鼻腫唇青，贏得了自由世界的敬重。不過在布圖的立場來說，齊雅是忘恩負義的逆賊。但丁認爲，陽間千千萬萬種罪惡中，最壞的莫過於出賣恩人，因此把出賣耶穌的猶大、出賣凱撒的布魯圖，打進最低的一層地獄（大約相等於佛教的阿鼻地獄），讓他們受最可怕的酷刑懲罰。布圖如果在陰間寫《神曲》，一定會把齊雅擲到猶大和布魯圖那裏。

凱撒說自己「穩定如北極星」(constant as the northern star)，赫魯曉夫被推翻前，在聯合國脫鞋擊桌，視各國的代表如無物，「偉大領袖」問蒼茫大地，誰主沉浮，最後要把神州大地弄沉。結果呢，凱撒死於布魯圖的匕首；赫魯曉夫垮於勃列日涅夫的陰謀；「偉大領袖」與秦皇俱往後，替他辦事、讓他放心的人，逮捕了他的愛人。在古今中外的歷史裏，在權術謀略上能夠和這三個人頡頏的眞是寥寥可數。但到了最後，三個人還是喝不到蜜糖。

凱撒說「我臨之，視之，勝之」(Veni, vidi, vici) 的時候，想得到有一天，要對著行刺他的心腹說「也有你呀，布魯圖？」(Et tu, Brute?) 嗎？

近年來，天文學的一個熱門論題是黑洞。黑洞是廣義相對論所預言的一種特殊天體，有一個封閉的視界，外來物質可以進入視界以內，視界內的物質卻不能逃到外面去。黑洞又稱爲坍縮星，所發出的光線或其他任何粒子，都逃不出其引力半徑之外。恆星，甚至整個星系移近黑洞時，都會被它那強大的引力吸進去，消滅得無影無踪。黑洞不僅捕光，還會扭曲空間和時間。譬如說，一艘宇宙飛船飛近黑洞邊緣時，船身會被拉長，速度會慢得近乎靜止，以高速飛行幾個世紀仍到不了洞口（當然，飛船一到洞口，又是另一個故事了）。嘴唇湊向杯緣，杯子送往嘴邊，就像宇宙飛船靠近黑洞一樣，一秒鐘有一萬年那麼長；在這一秒鐘之內，可以有一萬種變化。宇宙中距離地球最遠的天體叫類星體，類星體 PKS 2000-330 離地球有二百億光年；杯唇之間的距離更大。佛教有一個數詞，叫阿僧祇，一阿僧祇有一千萬萬萬萬萬萬萬萬兆。杯和唇的距離，要動用這個數詞來形容。

一杯蜜糖喝進肚裏，爲身體所吸收，成爲身體的一部分，才算是你的。否則，它仍動蕩搖擺，冥冥之中，隨時會有一隻手，伸過來把它潑瀉。

一九八八年八月二十三日・多倫多

八七年十二月

眞想不到，十二月，我一向喜歡的十二月，在一九八七年會變成這樣的一個月份。

中學時期的十二月，總有二十多天讓我期待聖誕，期待那隨著聖誕而來的歡悅。唸大學時，十二月一到，就不用上課，有整整一個月的假期讓我自由自在。那時候，我還年輕，一如瑪麗・霍普金斯所說，可以「不停地唱歌跳舞，愛怎樣就怎樣」；以爲快樂的日子「永遠不會溜走」。但最難忘的要數中文大學的十二月。七十年代的中文大學，有人間最美的校園。那時，我在英文系任助敎，薪水雖然不多，但年紀輕，負擔不重，可以無拘無束地恣縱飛揚。十二月的中大，海淨，山明，高升的藍空可以容納雁聲、風箏，以及吐露港和赤門海峽的空曠。這時，金暖的太陽把透明的琥珀斟落新亞、聯合、崇基，也斟落馬鞍山和船灣淡水湖。這時，在水塔旁的草地上坐著，敎聖誕假前的最後一課，也覺得是福分。上完了這一課，就會有閃著金光的十二月伴我。那種由期待所產生的欣悅，幾乎要變爲歌聲，宣之於口，然後騰躍而起，悠悠化成白鳥，飛入吐露港高亢的天空，在藍涼的海面之上滑翔。

眞想不到，八七年的十二月，會有這麼大的變化。

八七年，十二月，父親去世。

八七年，十二月，我失去了河源的一半。

八七年十二月十五日，早上醒來，往外面一看，只見大雪紛飛，黑霹靂夾著電閃在多倫多的上空疾走，彷彿在向我預報不測。

十二月，多倫多的雪通常不會下得這麼大的；至於下大雪而又閃電行雷，更是見所未見。

上午八時，是香港十五日晚上九時。堂弟說會打電話來，把父親進醫院後的情況告訴我。堂弟打長途電話來多倫多，通常都在這個時候；但怎麼到現在還沒有電話呢？我心裏納罕。

到了九時，電話仍毫無動靜。九時十五分……九時三十分……屋內仍寂靜如海淵。十時，也就是香港晚上十一時，電話響了……是堂弟的聲音。

堂弟的電話證實了大雪雷電的不祥預兆：香港時間，下午，七時三十二分，父親與世長辭。

父親進醫院時，在病房外和我通過一次長途電話。那是香港時間十三日晚上。當時，從電話線的另一端傳來的聲音，已十分微弱。那是聽到父親聲音的最後一次。

一個人，坐在飛機上，恍恍惚惚，開始感到人生的短暫虛無。五萬呎之下，是風急浪湧的太平洋，周圍是茫茫的雲濤。想起父親，數十年來和我相處，帶我到河裏海裏去游泳，帶我上茶樓飲茶，此刻就不聲不響地走了，以後再也不回來……想到這裏，一股從未有過的迷茫像一層鋪地冪天的薄霧把我覆蓋，把我捲到了無何有之鄉。那裏飛雪千里，四野無人，我看見父親一個人一直往前走。隔著不可逾越的空間喚他，他聽不到，只是一直向前……

飛機降落香港啓德機場，已經是晚上十時三十分。望著滿城的電燈和霓虹燈，又感到一陣迷茫。一九八六年九月，一架波音七四七在這裏把我載走，載往太平洋外一個不可捉摸的世界。現在，那個世界還未捉摸得住，另一架波音七四七又載我回來，載我回來奔喪！這些接踵而來的事件，叫我如何應付得來？

小時候就認識了死亡。還不到兩歲，祖母去世。以後的日子裏，每隔一段時間，就會聽到某一位伯祖、叔祖仙遊；就會跟著父親去這些伯祖、叔祖的靈前弔喪。後來，年紀漸長，弔祭的已經是伯父、叔父輩了。想不到這次離我遠去的，是生我養我的父親。三十九年前我失去了祖母；此刻，我的兒子失去了祖父。三十九年前，是父親從香港回鄉，奔祖母的喪；

現在，是我從世界的另一端回到世界的這一端，奔父親的喪。是我，身爲另一個小孩的父親，以兒子的身分，到殯儀館選棺木，然後一個人在靈堂裏披麻戴孝，跪在地上向弔唁的親友叩頭。

第二天，葬禮結束後，和七十四歲的母親越過城門河，重返我們住過的第一城。

一九八二年十一月，用按揭方式買了第一城的一個單位讓父母親居住，我和彩華仍住老地方，把兩歲大的兒子放在第一城讓父母親照顧。這個時期——多麼短暫的時期——日子過得比較安定。我們下班，到父母親那邊吃過晚飯，就會帶兒子到銀城商場買東西，或到城門河岸和附近的花園散步。第一城面積寬廣，西倚城門河，北接馬鞍山和吐露港，風景十分優美，交通也算方便。當時我還以爲，游走多年的父母親終於可以安定下來，不必再受遷徙動亂之苦了。

這一年的聖誕，我們也開始隨俗，特地爲新單位佈置裝飾；在黃家的歷史中，這還是第一次。

然後是一個老人，藉民主力量復出後馬上背叛民主，踐踏民主，擱著九百六十萬方公里的問題不去解決，也無力解決，就迫不及待地要自撰本紀；於是，一個個健康正常的人，一夜之間變形扭曲，發著囈語，甘心做這個老人的棋子；一夜之間，西蒙風起，幾百萬活得好好的香港百姓，日出而作、日入而息的無辜百姓，都爭相逃避碩鼠……

一九八七年十二月，我扶著七十四歲的母親，在沙田城門河側，西蒙風中仰望一座三十層高的大厦，指點著十樓某座的一個窗口自語。就在那個窗口，兩歲大的兒子，早起時在鳥聲中看小瀝源的曉色放亮。在那個窗口，我望著如絲的春雨柔柔地籠起沙田的近嶺遠峰；望著初夏的豪雨，沛然從吐露港抹過馬鞍山，然後像一大幅銀帷向紅莓谷那邊飄去。

但這是八七年的十二月，當日與我們在沙田共享嵐光和水色的父親，已因西蒙風的遽起而一去不返了。

一九八八年八月二十六日•多倫多

赤道在法國

天文學能助人馳思星際，拓展胸懷，不再斤斤於地球上的得失；這是許多人都知道的事實。不過許多人也許沒有注意，地質學、古生物學、微體古生物學也有同樣的功能。去年九月份的《科學美國人》(*Scientific American*) 發表了一篇涉及這些學科的文章，題爲〈蒙索礦場的化石〉(The Fossils of Montceau-les-Mines)。作者丹尼爾・海勒 (Daniel Heyler) 和塞西爾・波普蘭 (Cecile M. Poplin) 報導了法國蒙索礦場的新發現。

據蒙索礦場最近掘出來的化石推測，法國中部，三億年前是位於赤道的。該批化石全是赤道的動植物，赤道的氣候才會有。文章指出，在晚石炭世，地球上的地塊在它們目前的位置以南，組成兩個原始大陸：勞亞(Laurasia)和岡瓦納(Gondwana)。前者日後(所謂日後，當然是億萬年後了)分成北美洲、歐洲和亞洲的大部分；後者則分爲非洲、南極洲、澳洲、印度、南美洲。當時，連今日的英國也靠近赤道。地理學有大陸漂移(continental drift)之說，認爲今日的大洲昔日原屬同一塊古陸，後來裂了開來，在大洋上漂移，終於分成了今日的七大洲。假如七大洲小如積木，把南美洲塞進非洲左下角，彼此會銜接得天衣無縫。

上述的文章比大陸漂移說更進一步；讀了該文，就彷彿有巨靈贔屓把三億年前的地球搬到你眼前。文中的世界地圖尤其有趣：汪汪的大洋中兩大塊古陸；勞亞古陸在北，岡瓦納古陸在南；今日的華北是孑然一島；今日的華南是三個互不連屬的孤嶼；華北、華南與勞亞古陸、岡瓦納古陸之間是古地中海(Tethys)。

地球的這種變化，眞不是「滄海桑田」這個成語所能形容了。以前看地理書，知道喜馬拉雅山脈幾千萬年前原是海底，已經不勝驚訝；現在見赤道竟隨意南移北徙，見法國讓大化玩弄如積木，覺得人類完全和蟪蛄、和蜉蝣同種。

哀哉，那個禍及千百萬蒼生、日夜做著昏君夢的八十衰翁，怎不讀讀這篇文章？

一九八八年十二月二日・多倫多

丟的煩惱

教人如何處理垃圾的小册子和傳單，不知道收過多少份了；每份都呼籲大家少丟垃圾。

其中一本小册子有這樣的話：「垃圾問題，在世界各地都達到了危險程度。多倫多也不例外。供我們放置垃圾的空間在急劇減少，很快就會用光。目前供我們傾倒垃圾的塡坑差不多已經塡滿，而新的塡坑又很難找到。以焚化方式處理垃圾會造成空氣污染，目前正遭到抨擊。可是，我們的社會是個消費社會；我們消耗許多東西，浪費許多東西，丟棄許多東西。加拿大每個家庭，每年平均製造一公噸垃圾……」

這段話並非危言聳聽。據多倫多當局統計，大多倫多市的居民，光是一九八七年，就製造了三百二十五萬七百零三公噸垃圾。這些垃圾如果堆在一個足球場上，其高度相等於三個加拿大國家塔。加拿大國家塔是全世界最高的獨立式建築物，高五五三・三三公尺（一千八百一十五呎五吋），比紐約的帝國大厦高一七二・三三公尺，比香港的太平山也要高一・三三公尺；一堆垃圾有三個加拿大國家塔那麼高，就等於三個太平山再加三・九九公尺了。打開北美洲的地圖，你會發覺，多倫多只是滄海一粟；區區一粟，就製造這麼多的垃圾，你叫政府怎麼辦？叫政府找一個歸墟，一個可以吞噬星系、吞噬宇宙的黑洞？

唉，政府也不知道怎麼辦。加拿大的聯邦政府、省政府、市政府都是人民選出來的，不像極權政府，可以爲所欲爲。加拿大各級政府的領導人，也不像極權政府的老人，一聲令下，就可以不顧人民的死活，視一百萬反對者的簽名如廢紙，在六百萬無奈的百姓身邊建起核電廠來；工程一開始已漏掉數百根鋼筋，仍無視百姓的惶恐，繼續一意孤行。心血來潮時喝聲「疾」，五十年變了一百年。在民主國家，這樣的人早被扯下來了，怎能如此肆無忌憚？加拿大的政府可沒有這樣的特權。以多倫多的市政府爲例，有關部門見市中的垃圾堆積如山，供市民放置垃圾的塡坑又越來越難找，於是計劃建垃圾焚化爐，可是以多倫多之大，焚化爐竟無一處可以容身。當局計劃在甲區施工，甲區的居民反對；考慮在乙區覓地，乙區的居民抗議；而市內的垃圾仍一百萬公噸一百萬公噸的堆積，不但報紙批評，電臺責難，電視抨擊，連積極製造垃圾、同時又積極抗議有關當局建垃圾焚化爐的市民也怨聲載道。在前無去路，後有追兵的絕境下，你叫有關當局怎麼辦？

拿「前無去路，後有追兵」這句中國成語來形容多倫多市政府的處境還不夠貼切。加拿大人說英語；用 between the devil and the deep sea（進退維谷，直譯是「前有魔鬼，後有深海」）這句話來形容會更傳神。多倫多附近沒有大海，卻有淼無際涯、深不可測的安大略湖；因此，between the devil and the deep lake（前有魔鬼，後有深湖）也慘不堪言了。兩年前，香港有一個人一夜間變形扭曲，成了極權政府的打手；爲了討好主子，向主子爭寵，竟迷迷糊糊說起囈語來，喝令六百萬無辜的市民投海。多倫多的人都正常，沒有奧維德《變形記》裏面的角色，因此沒有誰喝令誰投海。儘管這樣，多倫多負責清理垃圾的部門，面對四面八方的壓力，有時候大概也會望著安大略湖出神吧？

一向很少同情政府；對於禍國殃民的寡頭政權，更盼它早日垮臺。可是看見多倫多政府的苦況，竟油然生了同情之心。因此，去年的一天晚上，一位熱心的女子敲門請我簽名，抗議政府在附近建垃圾焚化爐時，我竟猶疑再三，久久不能下筆。我猶疑的原因有四：第一，所謂「附近」，離住宅區已經頗遠。第二，我在香港住過土瓜灣，在睡房裏把手伸出窗外，幾乎可以摸到工廠的烟囱。那時，我的兩個鼻孔就是兩個小烟囱；每天晚上洗臉，都要花好多時間清潔烏黑的烟炱。那時候，我不知吸過多少立方呎烟塵和氧化氮、二氧化硫、一氧化碳，而尚能處之泰然；現在我的鼻子恢復了尊嚴，不再當小烟囱；垃圾焚化爐的廢氣離住宅區又這麼遠，噴出的廢氣未必比得上土瓜灣的一家工廠，因此我不再有抗議的衝動。第三，在我到過的大城市之中，多倫多是最清潔的城市──「城市」後面不必加「之一」兩個字。在翡冷翠，沿著著名的阿爾諾河畔漫步，你得用手帕掩鼻；此外如羅馬和巴黎，也好不了多少。當然，現實世界是沒有十全十美這回事的；多倫多也有污染，但既然比我到過的大城市都好，我就很難有太強的鬭爭意識了。第四，如果我是多倫多政府的首腦，也不會有更好的對策；我的四面，如果響起這樣的楚歌，我早已辭職不幹，到商界去混口較易下嚥的飯吃了。既然我做政府也不會做得更好，又怎好意思窮追猛打？

今年五月，搬到了另一區，附近有一個垃圾焚化爐；有時風向轉變，會聞到焚燒垃圾的氣味。可是過了不久，收到了區議員的公開信。信上說，本區的居民在議員的領導下努力抗爭，市政府終於讓步，決定明年一月一日把垃圾焚化爐關閉。我這個新搬來的居民看完了信，心情十分矛盾。一方面我爲本區的污染減少而高興；另一方面又自言自語：「你們努力製造垃圾，又嚴厲責成政府清理垃圾，又不准政府建焚化爐，你們叫政府怎麼辦？你們是政府的首腦又如何？」

政府首腦有兩種。一種愚昧無知，官僚氣十足，來一個瞎指揮就可以把森林砍伐殆盡，使一向沒有水患的長江洪水氾濫；現在又囂張跋扈，自己的爛攤子無力搞好，就以君臨者的嘴臉南下，來把六百萬百姓搞垮。另一種政府首腦則由人民選出，做人民的管家，吃力不討好時會腹背受敵。多倫多市負責清理垃圾的官員屬第二種。

不過北美的人都喜歡講這樣的一句口頭禪：It's your problem, not mine（那是你的事，與我無關）。如果你覺得「彼亦人子也」，而對這些被垃圾和市民夾攻的官員產生憐憫之心，並且對製造垃圾、抗議垃圾的人說：「你們執政，也好不到哪裏去。」他們就會說：It's their problem, not ours（那是他們的事，與我們無關）；然後乘勝追擊，繼續說：「你可不要忘記啊，鬪麗爭妍並不是選美會評判的責任。」

民主國家的政府眞不易爲，這是我一向的看法。見多倫多市政府被垃圾弄得頭昏腦漲，更覺得我一向的看法沒錯。多倫多的垃圾這麼多，焚化的途徑又行不通，政府於是計劃在市外找地方傾倒，卻想不到這途徑同樣艱難。原來最近幾年，加拿大垃圾爲患，每一鎭、每一市、每一郡都嚴設樊籬，禁止鄰鎭、鄰市把垃圾倒進來。北美的人說到垃圾，又有另一句口頭禪：Not in MY backyard（別倒到我後院裏）；說到my字時特別用力，言下之意是：倒到人家的後院我不理，倒到老子的後院就跟你拚。於是，問題又來了。世界上任何方位，幾乎都是某家某戶某鎭某市某郡某州某國的後院；你把垃圾倒到甚麼地方都有人跟你拚的。結果是天地雖大，垃圾無容身之所。

前些時多倫多市政府找到了一個塡坑，可以供市中的垃圾使用數月——多短暫的時間！不料後來消息外洩，大家知道垃圾塡坑位於士嘉堡附近，於是士嘉堡的居民羣起抗議，一個新的塡坑竟不疾而終。過了一段時間，市政府宣佈找到了另一個塡坑，並且開記者招待會昭告大衆；有關的官員興奮得幾乎要敲鑼打鼓，奔走相告。不過這一回他們學乖了，沒有讓勝利冲昏腦筋；他們仍保持冷靜，沒有事先宣佈塡坑的位置，以免另一個千辛萬苦才找到的垃圾收容所再度胎死腹中。但消息一公佈，和多倫多毗連的市鎭，又馬上緊張起來，偵騎四出，嚴陣以待，就像緝毒小組獲得線人通風報信，由海陸空三方面堵截毒梟一樣。

垃圾的確和毒品一樣可怕了。一艘美國貨輪，載著紐約的幾千噸垃圾南下，想伺機倒進另一州的境內，並嘗試了多次，都遭到堵截；向中美洲駛去，又被中美洲的國家監視，結果是勞師遠征，功敗垂成，像個無主孤魂漂浮於地獄的邊境。

意大利一家化學廠，買通了尼日利亞的官員，把廢料用輪船運過地中海，倒進尼日利亞水域；結果被發現，意大利人被拘留，貪污的官員則受到重刑懲罰。

另一艘意大利輪船，也只顧自己，不顧別人，載著廢料在海上漂浮，居心叵測。接近荷蘭海域時，荷蘭政府馬上派軍艦跟踪監視；接近西班牙海域時，西班牙政府也如臨大敵。這種態度，你說是小人之心度君子之腹也好，小人之心度小人之腹也好，目的只有一個：保證自己的後院乾淨。各人寧要乾淨的後院，不要君子的虛名。你要寬宏大量，大量的垃圾就會瀉落你的後院；你要學古代有氣量的宰相，讓人家在肚裏撐船，你就會滿肚子垃圾。

當然，慷慨大方的人還是有的。中共爲了賺取馬克，就一口答應替西德把核子廢料埋在戈壁底下。這段駭人的新聞公佈時，關心中國環境衞生、關心華夏子孫的人曾提出抗議，勸中共當局不要幹如此禍國殃民的事，不要成爲千古罪人；結果呢，自然是白費唇舌，白費筆墨了。連蘇聯也要把計劃興建的核電廠取消，把一些操作中的核電廠關閉，那個年逾八十的老人，竟鼓起雖六百萬人，不，十萬萬人，吾往矣的精神，一槌定音，在舉世棄核的時刻，要在大亞灣建核電廠，要在戈壁替西德放置核子廢料，其大智大勇，能不令人驚佩？一個只有數磅重的老人腦袋，竟輕而易舉地控制了十億人的命運，你說「人民民主專政」的威力大不大？

且說那艘意大利輪船載著化學廢料，在歐洲各國的海域附近徘徊，最後好像只剩下法國未獲光顧。這樣一來，法國政府可緊張了；馬上防患於未然，把西方法律的精髓——先假定疑犯無辜——扔進地中海去，然後反其道而行，假定意大利人在圖謀不軌，在意大利的輪船離警界線尚有好遠的一段距離就派軍艦跟踪，最後像送瘟神一樣把它送走。

蘇聯領袖戈爾巴喬夫縱橫捭闔，上任後手揮目送，以逸待勞，利用種種離間分化的手法，把北大西洋公約組織打得陣腳大亂；想不到現在無須戈爾巴喬夫動手，光是區區的垃圾，就把上述的北約成員國分化成寇仇，彼此爾詐我虞。這個國際局勢的新發展——垃圾開始干政，大概連戈爾巴喬夫也預料不到吧？

要看一個國家或一個地方是否富裕，可以先看該國該地的垃圾量；越富有的國家，垃圾越多。思果先生有一篇散文，叫〈垃圾裏的乾坤〉，裏面有一段話，叫人忍俊不禁，又發人深省：

美國是個富裕國家，美國的垃圾箱幾乎是百寶箱。我在關島管公寓，垃圾箱裏整包上好白米、麵粉、植物油，無數家用器皿——鍋、盤、碗、碟、刀叉，完好的大毛巾、布料、內衣褲，吃不完的整條麵包、乳酪、煮熟的豆、油煎甜餅、汽水等……時時發見。這些不算……還有箱子、手車、手提電視機、金魚缸、烤爐、運動器械、汽車電池等等，完全可用……

……有人拾舊貨，可以把家裏的用具找齊，不費分文……

加拿大和美國都是富裕國家，我來了多倫多之後，發覺加拿大人也像美國人一樣，甚麼都丟。（早知如此，我初到多倫多時，一定甚麼也不買，卻會像思果先生所說那樣，到垃圾堆去「把家裏的用具找齊，不費分文」。——不過現在還不算太遲；我將來有空養金魚，仍可以到垃圾堆去撿金魚缸。）

在鄉間生活過的人到了北美，會覺得北美是全世界浪費之冠。據統計，美國的汽車每天所消耗的石油是七百五十萬桶，世界目前的石油儲量是五千億桶。也就是說，即使世界各國不用石油，即使所有工業停頓，而美國汽車的數量又不增加，只消一百八十年左右，地球的石油就會叫美國的汽車全部耗盡。在美國，一戶人家往往有兩三輛汽車。因此，上述的統計，我是完全相信的。

在香港和意大利，看見學生餐廳一碟碟吃剩的飯，一個個吃剩的麵包，覺得學生太暴殄天物。一大碟飯，只吃一兩匙就丟在一邊，讓清潔工人倒進垃圾桶裏，實在太折福了。美加的浪費更驚人，幾乎甚麼都丟，甚麼都可以變成垃圾。一個人吃一頓午餐，會丟掉一個盛午餐的盤子和一套塑料製的刀叉匙碟；千多名學生吃一頓午餐，不知要製造多少立方呎垃圾。西方的青年在浪費的環境裏長大，拿免費紙巾時，順手一拉，就是十多二十張；然後用掉兩三張，剩下的紙巾和吃剩的食物留在桌上，又成了垃圾。最近，多倫多市政府呼籲大家不要浪費紙張；市政府貼出的海報說：如果多倫多兩百多萬市民每人每天把一份報紙交出來，作廢物利用，經過再循環拿來造紙，每年可以節省十萬棵樹，這樣做不但可以減少垃圾，而且可以平衡生態，保護世界上急劇萎縮的森林。

西方人浪費得這麼厲害，我這個在鄉間長大的人見了，眞是感慨無限。在鄉間，一條草、一根柴、一個鐵罐、一個烟盒、一塊破布、一泡尿、一堆糞——不管是人的還是牲畜的，大家都會珍之重之。我們小時候拾豬糞拾牛糞，發現了自己要找的東西，都會高興得像發現了珍寶一樣。逢上墟市，我們一羣小孩就會拿著糞箕子左穿右揷，撿拾牛糞。那時候，我們眼明手快，不但留意地面，同時也注意牛的動靜；一看見哪一頭牛張開兩條後腿，肛門翕動，就會衝上去，用糞箕子兜住牛的肛門。不一會，一大泡熱騰騰冒著蒸氣的牛糞就劈劈啪啪地落入糞箕子裏，我們也就高興得甚麼似的。

鄉間的生活方式，自然是落後骯髒，而又小氣了。但禍兮福之所倚，那時鄉間絕不受垃圾問題困擾，許多垃圾都在大自然的循環中生生不息。物質發達的地方就不同了；前些時報上說，有人建議麥當奴快餐店改用可以循環使用的餐具，否則快餐店要負起清除垃圾的責任。

目前，垃圾已和溫室效應、臭氧層受損等問題威脅著全世界。數月前，《時代》周刊的專題報導說：由於人類亂丟垃圾，海水的汚染已到了極危險的程度；美國許多風景優美的海灘，已懸起了骷髏頭旗幟，不能再供人游泳。漂上海灘的，是沾著血的藥棉、抹過膿血的繃帶、用過的針筒……有的海灘簡直和未沖洗的馬桶無異。漁人捕來的海產也奇形怪狀；皮膚腐爛者有之，生著腫瘤者有之，失去了部分器官者有之……眞是怵目驚心。

丟有丟的方便，但要付出代價；所丟的東西越多，所付的代價越重。我們貪圖汽車方便（在路面和停車場擁擠的今日，其實已不再方便），每年不知把多少億立方呎的廢氣噴入大氣層內；於是地球有了溫室效應。多倫多今夏的氣溫升到攝氏三十八度，打破了歷年紀錄，就是拜溫室效應之「賜」。據專家預測，溫室效應不加以遏止，到了公元二十一世紀，多倫多的氣候會與熱帶無異；而全球氣溫上升，更會導致史無前例的大災難。

因此，多倫多市政府所派發的小册子，請市民採取下列方法減少垃圾：參加廢物利用計劃，報紙、玻璃瓶、鐵罐、廢紙、用過的機油可以交給市政府的工作人員進行再循環，以便再度使用；把用不著的舊衣服、舊家具、舊電器出讓或送給慈善機構；舊書、舊雜誌可以送給醫院、安老院、療養院或賣給舊書店；門窗、木材、金屬器具可以送給朋友、鄰居、或清拆房子的公司；或賣給古董店；到超級市場時攜帶自己的塑料袋，多餘的塑料袋送給朋友；拒買用完卽丟的器皿；少用化學商品，改用不破壞生態的家庭用品（比如說，清潔窗戶時不用化學清潔劑，改用醋和清水）；避免購買只用一次的物品，諸如紙碟、紙杯，和用過卽丟的剃刀、紙尿布……

加拿大物產富饒，不愁匱乏，不怕人民浪費，卻最怕人民製造垃圾。別的地方採取上述措施，也許是因爲吝嗇、小家子氣。加拿大、美國，以至其他先進的工業國，倒別有苦衷。這些國家天不怕，地不怕，最怕人民丟垃圾。垃圾、汚染等問題如果不解決，卽使沒有第三次世界大戰，地球一樣會毀滅。

一九八八年十二月十六日・多倫多

鳥道之上

一

游隼是猛禽中的猛禽，以鳥類爲食料，大都在空中捕捉獵物。追上了飛翔的鳥兒，就把它抓住，或伸出腳掌向它猛擊，目的是把它擊斃。如果一擊不中，游隼就會急升到鳥兒的上方，然後流星般向下方俯衝，再度擊打鳥兒。如果鳥兒不死，或者不昏過去，游隼會再度爬升下擊，到目的達到了才罷休。

多厲害的猛禽！你看完介紹游隼的書籍，想起了霍普金斯的〈致茶隼〉：

今晨，我看見清晨的寵兒，黎明
王國的太子——曉色斑斑的猛隼——在馳行，
馳行於起伏的平原，在穩定的風上，跨凌

於高天；與酣時，就鄰鄰牽翼而旋——那雄姿多英挺！

然後一蕩，一蕩就向著前方敧傾，

如冰鞋的後跟利落地抹彎而去；強勁

的衝刺滑行擊退了大風。我心底的激情

暗暗為猛隼鼓蕩……

如果你嚮往猛隼的英姿，想攀上烈風奔騰的鳥道看它們擊翼怒飛，在地球上，最理想的建築物不是帝國大廈，也不是世界貿易中心，而是多倫多的加拿大國家塔（CN Tower）。自盤古開天闢地，氣之輕清者上浮，氣之重濁者下沉，人類的想像一直在奮飛，要掙脫地心的吸力，如天鷹破卵而出，拍擊著鏗鏘的金太陽，凌空越過大雪山的冷杉林，向上，向至遙至寂的杳冥，向衆星外的雪蓮，向雪蓮內靜放著金光的蕊心。

於是，在埃及的沙漠上，金字塔一座接一座的升起。所有塔尖，都凝聚著人類的理想。那是踮足、仰首、舉翼的雲雀，隨時要射入天外的曠絕，以嘹亮的歌聲撼動天闕。

三千八百年後，也就是公元一二三一年，人類奮飛的慾望飛上了倫敦的舊聖保羅大教堂，在四百八十九呎的塔尖，準備下一程的爬升；一三〇七年，躍上林肯大教堂五百二十四呎的尖頂；然後越躍越高。一八八四年，躍上了美國首都五百五十五呎五又八分之一吋的華盛頓紀念碑；一八八九年躍上巴黎一千零五十二呎的埃菲爾鐵塔；一九三一年，人類奮飛的理想躍上一千二百五十呎的帝國大廈，在雲霧中睥睨飭羽。

帝國大廈，世界上最高的獨立式建築物，在紐約市雄踞至尊之位達三十九年，一直沒有誰敢覬覦它的寶座。到一九七〇年，世界貿易中心在同一座城市內挾一千三百五十呎的巍峨冲霄崛起，籠遠近五十五哩的視程於望內，帝國大廈的至尊地位才被奪去。

在人類史上，沒有不結束的朝代，哪怕這朝代是羅馬帝國，是西周和漢唐。同樣，世界也沒有永遠立於至高地位的建築。一九七一年，莫斯科的奧斯坦肯諾通訊塔升入了一千七百六十七呎的高空，開始俯瞰世界貿易中心。一九七六年，多倫多的加拿大國家塔又冲霄而起，凌駕奧斯坦肯諾通訊塔，在地球上所有的建築物中成爲萬民仰望、無可置疑的君王。

加拿大國家塔主要爲通訊而興建。該塔落成之前，多倫多的電視畫面劣冠北美；這是因爲多倫多位於平原，高樓大廈林立，無線電波發出後，會射落大廈，再反彈到電視機去，成爲重影。到通訊塔建成，這種現象消失，多倫多的觀衆才看得到清晰的電視節目。

加拿大國家塔高一千八百一十五呎五吋，比莫斯科的奧斯坦肯諾通訊塔高四十八呎五吋，比帝國大廈高五百六十五呎五吋，比香港的太平山高四呎四吋；以一百四十三萬一千立方呎的混凝土、八十哩長的後張鋼、五千噸鋼筋、六百噸結構鋼建成；重十三萬噸，相等於世界上最豪華的郵輪或二萬三千二百一十四頭大象的重量。國家塔有世界最長的樓梯，共一千七百六十級，用金屬造成。體魄強健的人，自塔頂走到塔底，需時二十分鐘；自塔底攀上塔頂，則需四十分鐘。參與建造的人達一千五百三十七名。

加拿大國家塔的建築工程始於一九七三年二月六日：一九七四年二月二十二日建成柱身；一九七四年八月六日建成高空塔艙(Sky Pod)的托座；一九七五年四月二日升起天線塔；整座建築，於一九七六年六月二十六日開放。

二

加拿大國家塔是加拿大國家鐵路局所建，位於安大略湖北畔的空地，在多倫多市中心的銀行區以西。所佔面積達一百九十英畝。國家塔能夠上摩蒼蒼，迥立於所有建築物之上，實在有賴於地利。原來安大略湖一帶，和北歐的斯堪的納維亞一樣，有世界上最穩固的地層。承載多倫多整座城市的，是堅硬的灰色鄧達士頁岩。建築高塔，通常要先向地底灌漿打樁，以鞏固地基。建造加拿大國家塔的工程人員卻無須這樣做，因爲建築工地的下面全是最堅硬的頁岩；無論多宏偉的巨塔，都可以直接建在上面而無須灌漿打樁。巨人阿特拉斯頂天；巨靈贔屓負山；鄧達士灰岩則承載多倫多億億兆兆噸的摩天大廈，承載那俯瞰所有摩天大廈的加拿大國家塔。

一九七二年秋天，一架鑽探機駛過約翰街時，加拿大國家塔的建築工程就展開了。機器先向三百呎之下探測，然後鑽了四個直徑三十吋、深度一百呎的洞，讓配備了鋼盔、攝影機、測量器的工作人員深入地底勘探。一九七三年二月，一架架推土機如巨靈抵達，挖去六萬二千噸泥土和石頭，挖出一個深五十呎的洞。然後，建築人員用一萬八千噸混凝土和五百噸鋼筋建成一座厚達二十二呎的地基。

現代人築塔，有兩種方法：跳模式和滑模式。用第一種方法，模板會一截一截的向上移動；用第二種方式，模板會在傾瀉混凝土時不斷上移，一天二十四小時從不停止，結果混凝土的力度和密度會更加均勻。歐洲的建築師，一般喜歡用跳模式；加拿大國家塔則採用滑模式，建築時一天上升二十呎。

如此高峻巍峨的建築物，在建築過程中是不可以歪斜的；開始時如果歪一分一厘，結果就不堪設想了。因此建築人員在工程進行時用了加拿大最長的垂球。那是一根重二百五十磅的鋼柱，由一條鋼纜懸垂而下，縱貫塔心。到柱身建成，安裝頂端的通訊桿時，建築人員更動用了激光，以保證高塔絕對垂直。然而儘管如此，通訊桿建成後，天線還是向南攲側了兩呎，向東攲側了六吋。經工程師「搶救」六個星期，天線仍東攲三吋；不過這時候問題已經不大，因爲太陽的熱力會使金屬稍微膨脹，抵消斜度。

據《聖經》記載，上帝見人類建通天塔，乃擾亂其語言，使他們無從溝通。多倫多的建築師和工程師沒有通天的野心，但建築一千八百一十五呎五吋的高塔，仍不得不顧及善妒的大自然。大自然，是不喜歡人類向它挑戰的。它要拔樹，堙谷，倒海；把高山夷爲平地，把岩石化爲塵土；把三萬呎的山峰壓入三萬呎的海淵，把三萬呎的海淵擠上三萬呎的蒼穹。面對這麼厲害的大自然，建築人員豈敢造次？

他們首先要考慮的，是高空的烈風。在氣象學裏，有所謂邊界層，也就是地面到一二公里高的大氣部分。在邊界層裏，空氣的變化詭譎難測，湍流十分厲害。邊界層的風，向前方撞擊撼動的同時，還會對建築物狠吸猛扯，並以巨大的力量加以扭絞。美洲的龍捲風在地面所向披靡，拔木摧屋；太平洋孕育的颱風能把幾萬噸的輪船從海面捲到陸地；這是誰都知道的了。到了千多呎的高空，危險更大。就空氣動力學的觀點而言，加拿大國家塔的建築人員要應付的問題，比波音七四七的工程師要多。波音七四七遇到惡劣天氣，可以停在陸地，延期起飛；加拿大國家塔可沒有這樣的權利；它一旦落成，就要一年三百六十五日，一日二十四小時屹立在空中。此外，飛機升到了一萬呎以上，氣流就會穩定下來，飛行也變得十分安全了；而加拿大國家塔，卻要置身於氣流多變的高度。

為了應付高空的烈風，工程師在西安大略大學進行了全面的實驗。該大學有北美洲最先進的風洞，供建築人員測試風力和塔的模型，其中包括「千年風」的測試。所謂千年風，是時速一百三十哩的烈風，每一千年才發生一次，比本世紀最高的風速——時速一百一十四哩——還要高十六哩。加拿大國家塔的建築人員爲了策萬全，索性以時速二百六十哩的烈風爲假想敵。這樣一來，國家塔不但無懼於千年風，連萬年風也不放在眼內了。

時速一百一十哩的風吹向玻璃時，壓力是六十磅；負壓力也是六十磅。因此，專家又爲塔的窗戶製造了能夠抵受一百磅壓力的玻璃。

風的詭譎還有另一方面：上述的千年風一旦吹來，塔頂的天線會擺動成一個八呎的橢圓形。爲了抵消這種力量，工程師製了兩塊擺動的巨鉛，每塊重十噸，裝在塔上。這樣，扨風來時，天線就不會有危險了。此外，工程師還算出，在千年風之下，以一百四十三萬一千立方呎的混凝土和八十哩的鋼纜建成的塔身也會輕搖，不過搖動的幅度只有十吋左右；也就是說，在塔上飲酒的人，連酒杯裏的變化也看不出；因此塔身的安全也就不會有問題了。

比風神的脾氣更難抵擋的，是宙斯的雷霆。時速一百三十哩的烈風畢竟一千年才發生一次；宙斯的震怒，卻隨時會從九天下轟。昔日通天塔建不成，是因爲人類觸怒了上帝；今日多倫多人建成了加拿大國家塔，未至於通天，但也是地球上最接近太陽的建築物，是宙斯發怒的最佳目標。據統計，加拿大國家塔每年受雷電轟擊六十至八十次。爲了避雷，建築人員在塔頂裝了避雷導線，這些導線有三條銅帶相連，接地後與塔底的四十二根金屬桿相通。四十二根金屬桿深埋在二十呎之下的地底，每根長二十呎。加拿大國家塔落成後，多倫多商業區的大厦都有了保障，因爲雷電下轟時，首先有加拿大國家塔來承受。加拿大國家塔，是多倫多——不，是全世界——最高的避雷針。

除了烈風和雷電，建築人員還有冰雪要考慮。冬天，如果積雪黏在塔上結成冰塊，掉落地面是足以傷人，甚至殺人的。因此塔上外凸的平面，都有光滑的玻璃纖維包裹，冰雪無從黏附；有的地方則裝上了除冰電纜，加熱後能把冰雪融化。據說高度居世界第二位的奧斯坦肯諾通訊塔，曾有冰塊下墜；至於有沒有傷人，則不得而知。這樣看來，到加拿大國家塔遊覽的人，是幸運得多了。

加拿大國家塔的防火設備也是一流的。塔的本身以防火混凝土和鋼筋建成，每層的地板鋪以防火礦物纖維，塔內的設備都以最佳的防火物質製造。除了地庫的厨房，所有地方都禁止用明火烹飪。塔內有兩個防火水泵，每個水泵每分鐘可以把五百加侖的水噴到塔頂。此外，塔裏的七個變壓器都放在不會著火的液體中，以防爆炸。至於灑水滅火系統，更遍及全塔的每個角落。

加拿大國家塔的建築工程開始前，建築師還找過鳥學家進行研究。建塔和飛鳥有甚麼關係呢？外人或者會問。有的。鳥兒會在夜間飛行，春秋兩季移棲時夜飛尤頻。鳥兒飛行的高度在一千至三千呎之間，而以一千五百至一千八百呎最爲普遍。加拿大國家塔的高度是一千八百一十五呎五吋，恰巧把鳥道擋住；夜飛的鳥兒撞到塔上，就會傷亡。還好，鳥學家經過詳細研究後，認爲塔身尖長，不會危害飛鳥；要注意的倒是照明用的燈光，因爲強光胡亂射入夜空，會干擾飛鳥的視線。今天，國家塔的燈光，都按照鳥學家的建議設計：電力比原定的弱；除了信號燈和頻閃燈，所有燈光都照向建築物本身，而不會射入夜空。裝在塔身、用來導航的白色安全頻閃燈，平時每分鐘閃動四十次；在飛鳥移棲的季節，閃動的頻率會減低。

三

要是你乘著輪船，從大西洋的聖勞倫斯灣駛進聖勞倫斯航道，進入北美洲五湖最東的安大略湖，駛近西端湖畔的大城市多倫多，你會看見一座座巍峨多彩的大廈矗起，向著雲霄直冲。最高的四座，有六七十層那麼高。金色的是皇家銀行廣場（Royal Bank Plaza）；

左邊更高的黑色大廈是多倫多道明銀行中心（Toronto-Dominion Centre），皇家銀行廣場後面，高出多倫多道明銀行中心的銀色大廈，是商業銀行大廈（Commerce Court）；在商業銀行大廈的左邊，比多倫多所有大廈都要高的，是白得發亮的加拿大第一廣場（First Canadian Place）。這座大廈的面積極廣，但由於巍峨薄天，遠看顯得頗爲纖長；天上的白雲，都浮在大廈的中部；置身其顚，其他大廈都會在你腳下俯首稱臣。

「啊，大地竟有這麼高峻漂亮的建築物！」凝視著震懾萬目的加拿大第一廣場，你不由自主的叫了出來。

然而，無意間你的視線沿湖畔西移，突然目瞪不能言，彷彿在夢中叫神的靈光擊中。就在多倫多銀行區最高的四座大廈以西，靠近藍色的安大略湖，一座纖長傈利的通天塔，形如飛鏢，在你毫無心理準備的刹那從水面射入了高天，恣縱地射上去，射出雲外天外，把游隼和雲雀的叫聲擲入塵寰，在最高處掙脫了一切聲音，以塔尖直叩太清。多倫多最高的幾座大廈，包括震懾萬目的加拿大第一廣場，這時都矮得不成比例，如一羣幼小的鷄雛，聚在一隻丹頂鶴旁邊。

那是以混凝土建成的高塔。塔身從地面以流線上升，靜靜地劃過後面的藍天流上去，彷佛永遠不會停止，彷彿要流成太空的夢幻飄出凡間。到了三分之二的高度，塔身擴大成透鏡狀的塔艙。塔艙共由四環組成；最下的一環像個白玉戒指，涵著崑崙的寂靜繞塔身靜旋，柔和寧謐得如星雲在銀河外凝聚，帶著幽輝，帶著雪胎冰魄恍恍惚惚地循最柔和的圓弧渦轉。最上的一環是向下傾斜的不銹鋼，在高空閃著銀光，鏗鏗然叩響嘹亮的脆藍，如一天的銀矛射向安大略湖的藍風和白帆，也射向你澄明的目光。

穿過了這環形塔艙，塔身繼續向上，到了混凝土塔身的盡頭，是體積較小的太空臺(Space Deck)。然後是四截雪白的天線屏蔽器，一截一截的小上去，相接處髹著藍色和紅色。升到最高的一截，就以奪目的鮮紅射入發光的藍空。最後，在大地億億兆兆的建築物無從企及的空間，加拿大國家塔以無比優美的姿態飈舉至一千八百一十五呎五吋之上，俊逸、瀟灑，而又昂揚，凝成白色的一點，如九天的雪蓮，翹起聖潔無瑕的銀蕊，與太初的氤氳，與杳冥的沆瀣接觸，牽著鷹隼靜旋的翼尖，牽著雲雀蕩漾的音波，牽著日，牽著月，牽著億億兆兆的天體，如銀核靜止於銀河系的中央，看最遙遠的類星體如太始的呼吸，淡白微茫，在宇宙的邊陲，如巨輪的輞緣以三萬五千光年爲半徑繞著軸心旋轉。

就這樣，我全神貫注，兩眼
緊緊地凝視著，目不轉睛，

越是凝望，心焰就越難收斂。
面對這光芒，一個人肯定
不會再願意把目光移開，
望向別的事物或風景……

我的神思，至此再無力向上；
不過這時候，我的意願和心靈
已隨大愛旋動，如轉輪一樣
均匀；那大愛，也推動太陽和羣星

四

如果你初到多倫多，一個人在市內走，一不小心迷失了方向，而當時正是天陰，你手上又沒有指南針，你是不必恐慌的。只要你擡頭，向四邊的高空掃視，一定看得見聳出雲端的加拿大國家塔，看見雪白的塔尖，如定海神針般成爲你的坐標，成爲遠近幾百哩的北極，星懸在天極，永遠保持清醒；大熊顛倒，萬星移位時仍那麼穩定可靠，指引夜航的船舶和飛機。一見這座高塔，你馬上就知道自己的方位。

這種經驗，多倫多的人都曾親歷。無論在西邊的密西沙加（Mississauga），還是在北邊的理治門山（Richmond Hill），還是在東邊的奧沙瓦（Oshawa），——舉目，他們就可以看見加拿大國家塔。至於在安大略湖的中心島（Centre Island）遊玩的人，一擡頭，一座通天塔更會透過雲端，從三十三天向他們俯視。加拿大國家塔是巨大的磁鐵，你一進入多倫多的範圍，目光就會叫它吸去。你駕著車，在高速公路上飛馳，不管向西還是向北向東，飛馳好久好久，以爲把加拿大國家塔彈射到地平線外了；一回頭，哈哈，休走，雪白的塔尖仍牽著你的目光。加拿大國家塔，你是擺不脫的。

加拿大國家塔同時又可望而不可卽。你從別的城市來多倫多，在高速公路上看見了雪白的塔尖……「啊，那是多倫多了，」你興奮地自言自語：「加拿大國家塔快到了！」可是，你駕車駕得腰酸背痛，加拿大國家塔仍像海市蜃樓，可望而不可卽。

加拿大國家塔是隻天眼。向北，它可以看到錫姆科湖（Lake Simcoe）；向南，它可以隔著浩淼的安大略湖，遙望美國紐約州的羅徹斯特（Rochester），驚眺尼亞加拉瀑布千萬年一直滾捲翻騰的煙霧。尼亞加拉瀑布和加拿大國家塔相隔七十五公里。

加拿大國家塔也是飛機的坐標。該塔建成後，飛機的駕駛員都認爲有助於飛行。在晴天，萬里碧穹浩翰如澄藍的大海，該塔就像銀光閃閃的定海神針，指引周圍飄過的舟楫。

在黑夜，高塔更成爲世界上最高的燈塔，引領引擎隆隆、時速數百哩的大小飛舟在無邊無際的黑海航行。高塔的柱身，每隔二百呎就裝有橫伸的氣象吊桿，吊桿的末梢裝有紅色的信號燈。夜裏，這些信號燈會一閃一閃地悸動，在漆黑中爲駕駛員劃出高塔的輪廓。在寒冷的冬夜，這些紅燈從地面閃到千多呎的高空，那麼持久，那麼劃一，就像紅色的煤球給所有仰望者溫暖。可是，最奪目、最懾人的卻是裝在塔艙上下的白色頻閃燈。這些頻閃燈在塔艙之下、之上，以及頂端天線桿的三個位置，每分鐘閃動四十二次。這些頻閃燈，每盞不知有多少千瓦，竟能一年三百六十五天，一天二十四小時，日以繼夜，夜以繼日，炯炯地閃著堅定、凝聚的白色強光；彷彿有五個神射手，在黑夜的中心把一顆顆晶亮的淨水鑽向四方疾射，射入深不見底的漆黑，鏗然叩響天邊的星光。在漫漫長夜，神射手從不停息；光是一夜之間，就不知有多少萬顆淨水鑽失落在黑海裏。如果你在遠處仰望，一顆顆的淨水鑽就會以秒速三十萬公里射入你嗜光的眸子。看啊，在夜深，千萬顆棱棱的淨水鑽射出，霍霍然刳開黑暗，那麼無畏，那麼堅定；多倫多三百萬市民和安大略湖入睡時仍頻閃如故，永不停息；彷彿要閃到另一次冰河期來臨，閃到天狼和天琴熄滅，仍要把億億兆兆顆發著萬丈光芒的淨水鑽擲向獵戶座的腰帶，讓最清越最嘹亮的金玉之聲在漆黑的宇宙島和宇宙島之間回響。

啊，萬王之王握著權杖再度降臨，雙眸發出的炯光，就是這樣的了！

加拿大國家塔是多倫多人生活的一部分。多倫多人在數十里外舉目，看見這座巨靈，巍巍然，以輕颸以疾風爲衣袂爲披肩，以虹霓以白雲爲腰帶，摩著碧穹，自天鷹的擊翼聲之上俯瞰安大略一去無邊的廣陸。多倫多人從美國驅車回來，一入高速公路，舉目，又見國家塔在遠處兀然把蒼天中分。冬去春來，國家塔深隱霧中，黑雲如錢塘潮崩，長江浪湧，翻騰澎湃在它的脇下，多倫多人聽見千百萬鐵騎在塔頂馳驟，那一浪一浪地下瀉上捲聚散渦旋的灰濤，多像一隊隊的天兵天將挾雷動的天鼓下降啊！在夏日的晴天，氛埃散盡，藍穹晶澄發光，多倫多人又看見海鷗繞塔而飛，靜旋著，回蕩著，白得發光的翅膀和白得發光的塔尖在麗日下競艷。這時，微風柔繞著塔身，靜如白楊的飄絮，軟如大化的噓息。這時，男女老幼在塔下的水池踩著腳踏船玩耍，在爽膚的涼風中偶爾仰首，睚眦會刹那間叫國家塔的巨影充塞得餘隙全無。國家塔，一年四季，不管風雨陰晴，都在多倫多人的夢內夢外靜佇，在你我的夢邊矗立。你無論跑得多遠，它那從天闕下俯的影子都會觸著你的思維。

五

一九八〇年年底，從意大利飛越了大西洋來到多倫多。我的眼睛，這時已見過永恒之城羅馬，來到這新興的城市，頗有目空一切之概；想不到加拿大國家塔會教我謙虛。我當時住的地方離國家塔不遠，走路只需十多分鐘就可到達。在東岳之麓卜居的，不覺得自己幸運；我居於加拿大國家塔之腳，也有眼不識泰山，不，是有眼不識通天之塔，直到一天下午……

那天下午，多倫多的天氣頗冷。我一個人携了照相機，一出門口，就看見國家塔。國家塔年輕，不像羅馬的名勝那樣，挾傳說、歷史、神話的重量向我下壓。因此我朝著這加拿大第一名勝南行時，竟不懷甚麼敬意，也沒有初到羅馬的興奮。

橫過了前街（Front Street），就是建在國家塔旁邊的入口大堂。大堂有電視監視器、數字天氣報告、詢問處、餐廳、電腦繪像室、售賣紀念品的小商店。遊客登塔，首先要在入口大堂買票，然後沿一條過道穿入塔內，乘升降機直上一千一百三十六呎的室內眺望臺。穿過大堂南邊的出口，遊客可以到塔下的廣場休憩，欣賞一座古拙而新穎的銅雕，或者懷著悸顫的心，仰望那擎天的巍峨。夏天到這裏來的，還可以在繞塔而建的水池上玩腳踏船。

我越過數道玻璃門，走完了一條長長的甬道，然後乘電梯向下，就到了大堂。走出南門，一百四十三萬一千立方呎的鋼筋混凝土馬上把我的視線截斷。這，就是高塔的腳底了，我暗忖。

塔的橫切面是個中空的六角形，其中三面向外伸延，成為一個內凹的三星。星的三菱中空，是塔的三隻巨腳。赫然支撐著整座塔的重量。巨腳乘慓疾的流線上翥，然後在高空收窄，狀如飛鏢。我擡頭想仰觀塔頂……哎喲，塔頂哪裏看得見？我的視線緊貼著一大幅鋼筋混凝土的峭壁向上移動，如猛隼振翅，在一個大峽谷裏攀著風使勁爬升，以爲可以到達塔頂，不料在中途叫外伸的環形塔艙擋住了去路。於是我擎起相機，想把整座巨塔攝進鏡頭內。然而我瞄進取景器時，視線也全叫鋼筋混凝土覆蓋。我把相機向上下向左右移動，我的兩隻腳也挪後踏前；但無論怎樣，都不能把塔的全景攝進鏡頭。最後，只好一截一截的攝，算是聊勝於無。

拍攝完畢，就迫不及待地退回玻璃門內，沒有到餐廳吃東西，也沒有參觀售賣紀念品的小商店，就逕往入口處買票，然後乘升降機登塔。

加拿大國家塔有四部升降機，每部可載二十二名遊客，上升的速度是每分鐘一千二百呎，比噴射機起飛時的爬升還要快。工程師安裝升降機時，找來了心理學家，按照加速感覺閾限 (acceleration realization threshold) 設計：一方面讓遊客感覺到升降機在高速上升，一方面防止速度過高，影響遊客的生理或心理。

和其他遊客進了升降機，發覺四堵內壁之中，有一堵用玻璃建成。有了這堵內壁，外面的景色可以一覽無遺。

控制員開動了升降機，開始向乘客介紹加拿大國家塔。

我正在側耳傾聽，猝不及防間眼前一亮，外面的水光天光已撲眸蓋來，刹那間淹滿了整部升降機。一定神，只見安大略湖在腳下向天外靜展而去，越去越遠，向東西南三個方向平射而出，彷彿大化有一把巨大的利刃，以銀月之光和珍珠母的幽輝鑄成，在太初的鴻濛砉然一切，所有氛埃翳障就全被切去，剩下澄藍淼幻的水琉璃映照著廣漠的天穹。利刃隱入了杳冥，一泓泓的冷光仍在天邊靜閃。

這時，近岸的島嶼正飛快地墜下去，彷彿要墜入太空深處，墜成一方方的翡翠嵌在藍色的水琉璃之上。而地面也飛快地聚攏縮小，公路、鐵路和建築物從八方急馳到塔下縮小。

驚疑間，升降機已停了下來。控制員說：「我們到達塔艙了。」

走出升降機後，又是迫不及待地要回望塵寰。

塔艙是個圓形結構，共分七層。最下的一層容納微波抛物面反射器；第二、三層供遊客眺望；第四層是旋轉餐廳——地球上最高的旋轉餐廳，名叫「多倫多之顛」；第五、六層分別容納電視儀器和調頻儀器；第七層，也是塔艙的最上層，容納塔內所有的機械裝置。

供遊客觀覽的兩層，上層是室內眺望臺（Indoor Observation Deck），也是升降機的出口，高一千一百三十六呎；下層是室外眺望臺（Outdoor Observation Deck），高一千一百二十二呎。上層除了供遊客眺望，還有閃爍夜總會（Sparkles Night Club），有介紹國家塔的放映室和售賣紀念品的售賣部。要在這一層俯眺遠觀塔外的風景，遊客得走出室外，在環形的走廊四顧。我沒有選購紀念品——這類節目可以延遲，只看了介紹國家塔的電影，就推門而出。一出眺望臺，就見安大略湖在遠處浮起了低天，而多倫多市也盡展腳下。我見眺望臺設有多具望遠鏡，瞄入目鏡內，稍微調整焦點，多倫多的景色立即從數十哩數百哩外呼嘯而至，刹那間如一宇宙的星海射入我的瞳孔，凡間的丘垤、培塿都無所遁隱。啊，此刻我有了大能，正施展天眼通的本領塊視塵寰。

在塔艙的上層眺望，周圍都有堅厚的玻璃密密地封住，十分安全；下層的戶外眺望臺就完全是另一種光景了。向下走完了一段樓梯，推開玻璃門走出室外，也是一道環形走廊。走廊沒有厚玻璃緊封，只有不銹鋼柵像鳥籠一樣把遊客圍住；鋼條和鋼條之間的距離約有兩吋，上面鋪了一面寬濶的尼龍網。這樣，哪一個缺德的人要丟東西，也只能丟鉛筆一般大小的物件，不會砸傷地面的行人。

工程師爲了讓遊客感受塔的巍峨，在設計上別出心裁；鋼柵並沒有和走廊形成九十度的直角，而是在遊客的腳下平伸出來，到了數呎之外才開始上翹、內彎、和上一層接合。於是，遊客幾乎可以向下直俯。乘飛機時，乘客無論升得多高，俯望大地也是透過窗戶，俯角至多是六七十度，總會有安全感。在這裏，俯角竟是九十度，你的視線和你的腳底和一千一百二十二呎之下的景物竟連成一條直線。我沒有恐高症，但站在這樣的高度，見空間如矢石一墜就是一千一百二十二呎，而地面上最高峻的大厦也小成了積木，心裏不禁發毛，腳底也跟著發軟。「這是跳傘的高度啊！」我想。心目眩怖間，竟有搖搖欲墜的感覺。我的想像這時更與觸目驚心的高度勾結，殘酷地折磨我，把我腳下的鋼柵和尼龍網撕開，露出一個大缺口，然後在我駭怖莫名間把我從高空擲下去，讓我淒厲的慘叫劃破安大略湖寧靜的上空……

這戶外眺望臺，把我嚇得魂怵魄駭還不放過我，還向我的另一種感官襲擊。由於眺望臺只有鋼柵和尼龍網阻隔，離地面一千一百二十二呎的大風，就澎澎湃湃如裂岸崩堤的怒濤自下臨無地的高度撞進來。安大略的地勢平坦，到了冬天，即使置身地面，也可以感到寒風從北極南掃的威力。站在國家塔的戶外眺望臺，竟覺天河倒塌，江海震撼，嚴寒的烈風像巨瀑坼崖挾萬鈞的雷霆搗進來，要把我捲出塔外洶湧黲黷的黑濤。我肌膚疼痛，立足不牢，勉強支撐著望出鋼柵外，耳朵如尾閭承受千百萬個瞿塘峽的大水。那些黑濤黑浪，洶湧澎湃間突然變成了百萬匹天馬奔騰過塔外，黑鬣狂笞著鋼柵，也鞭過我的面頰。如此凜冽，如此壯觀的颶風，我還是首次看見。

洶湧的巨浪在高空狠擊猛撞著眺望臺，鋭不可當而又無休無止地拍打著鋼柵。在天風的怒濤前，我再也聽不到別的聲音，不一會就被擊得敗下陣來，退回塔內。

在這樣的高度，魂魄被震撼得幾乎潰散，我自以爲到了一切經驗的高峰，正準備乘升降機返回地面，安撫一下受驚的魂魄；卻想不到一翻國家塔指南，發覺眺望臺之上，還有更高的太空臺（Space Deck）！

尋求刺激的本能把我推進了另一部升降機。也許因爲操作高度太高，爲了安全起見，工程師再沒有裝置玻璃窗戶供遊客看升降機上射，看外間的景物急墜向太空深處。

從升降機出來，我默默地提醒自己：這時，我離地面已有一千四百六十五呎，置身於世界最高的眺望臺；世界最高的旋轉餐廳和世界最高的夜總會，這時都屈居在腳下三百多呎了。

從升降機出來，我以爲內心的亢奮和驚怖已到了頂點，再沒有甚麼景物能令我更亢奮更驚怖了；然而我錯了。

走出太空臺，只覺兩足虛浮，下面是無盡無止的空間，車聲人聲機器聲完全隔絕。這時，如果后羿立在地面，一定小成了黑點，小成了微塵；舉起神弓向我射來，從勁弦撲出來的神箭會驍驍地撕風而至，驚飆駭渦會惶恐地潰散，利鏃會發出雷霆的巨響以無比的勇銳向上方奮進……追著上竄的游隼和蒼鷹，射上來，銳不可當地射上太空臺，彷彿要射入四禪九天，射向最終的寂滅。然而神矢未到達高塔的中腰，就無力再上了，並且漸漸慢下來，搖晃著，像一條葦草被烈風的險渦捲走，然後飄蕩著跌入雲霧，打著觔斗跌回凡間。

太空臺的建築比三百呎之下的戶外眺望臺更嚇人；三百呎之下的眺望臺還有鋼柵，遊客置身其上還有憑藉；太空臺卻除了遊客立足之所，其餘的結構全是玻璃。由於俯望時視線沒有阻擋，遊客失去了憑藉，高度更加駭人。

在攀登加拿大國家塔之前，我已於一九七九年叫峨眉的捨身崖嚇過。當時我踏著皚皚的白雪一寸一寸的移近崖邊，幾乎嚇出了冷汗，差點兒沒墜落萬丈深崖。不過那時崖下雲濤翻滾，眞正的深度無從得睹；而且我往崖下一瞥就把頭縮了回去，受嚇的時間不太長。立在加拿大國家塔的太空臺，腳下的高度卻清清楚楚地向我展示，而且不容我一瞥就逃。更嚇人的是，我踏足的地方凌空，面前的玻璃又向外傾斜，視線向下時毫無阻隔——不但毫無阻隔，而且讓我俯身倒看我立足之所。太空臺，是世界上最高的眺望臺；太空臺用高度和虛空搖魂撼魄、怵心駭目的手法也是世界之最。我兩腳發軟，極目下望，塵寰的景物都縮成了無聲的幻象。塔身自高空下墜後竟深不見底。我的視線向下，然後折回塔身，一直如流星射下去，到了塔艙再不能探索無底的深邃。我的想像，這時更背叛了意志……我立足的太空臺嘩啦啦塌了下去，我挾著淒厲的慘叫摔出了塔外，烈風狂扯猛撕著我的頭髮和衣服、建築物、道路、汽車和多倫多的地面飛快地向我撞來。一瞬間，我失去了知覺……

我手心冒汗，心悸久久不停，不敢再向下倒望。

驚魂略定後，我開始向南掃視多倫多和安大略湖的景色。

在我的正南，是緩彎和直射的鐵路，是湖濱大道和伽丁納高速公路。公路外是碼頭，是白色的遊艇，然後是安大略湖的碧水叫中心島攔住。島外是浩浩瀚瀚的幽藍向美國的紐約州直淹而去，最後淹上了天。水天相接處，是深淺不同的藍暈。

塔的東南，是銀行區的大廈——多倫多道明銀行中心、皇家銀行廣場、約克中心（York Centre）；是海港城希爾頓酒店（Harbour Castle Hilton）、皇家約克酒店（Royal York Hotel）、聯邦火車站（Union Station）、大多市會議中心（Metro Convention Centre）。

塔的西南，是圓形機車車庫、加拿大國家展覽館（Canadian National Exhibition Grounds）、安大略水上樂園（Ontraio Place）。

繞著走廊走到太空臺的北邊，我首次看到了多倫多懾眸的浩瀚。論世界大城市的規劃，就我到過的地方而言，多倫多是絕對的一流。由於多倫多位於廣陸，地勢平坦；你開車在上面高速飛馳，數日數夜，仍不能衝出地平線；所有街道都以疾矢的方向朝南北朝東西飛射。

面對這樣的大地，你會覺得多倫多碩大無朋；不然，你那蒼鷹般的眼怎會未到天邊就已力竭？

看啊，看東北的銀行區！多倫多最巍峨最高峻的大厦全在那邊了。最高的加拿大第一廣場迥出羣倫，周圍拱立著商業銀行大厦、多倫多道明銀行中心、皇家銀行廣場、約克中心、喜來登酒店（Sheraton Hotel）、伊頓中心（Eaton Centre）。然而這些大厦無論多高，此刻都在腳下任我指點了。

正北，是停著玩具小車的停車場，視線再向前馳騁，是安大略美術館，是多倫多大學……

西北，密集的鐵軌或聚或散，都恣縱地向地平線急竄勁射，射向遠方，射向天邊濛濛的青靄。

我曾在聖伯多祿大教堂之頂遠眺過羅馬，在古老的山城俯瞰過雅典，也在鐵塔環視過巴黎……但在我俯看過的城市中，沒有一個城市能像多倫多，給我那麼廣濶無匹、連天接地的感覺。多倫多能夠壓倒羣城，有好幾個原因。第一，多倫多的污染不像別的大城市那麼嚴重，因此視程特大，視線不受阻隔，遊客俯眺時看得特別遠。第二，國家塔高冠全球，置身其上，視線能掃射的面積特別廣。第三，多倫多除了南邊的安大略湖，其餘各個方向全是滾向天上的廣陸。你可以說多倫多沒有山，缺乏變化起伏之姿；但你總得承認，多倫多平坦的廣陸可以容納天原，可以任天鼓的雷霆在上面滾動，任天馬億萬日以繼夜地向北方奔騰，並且在日夜不歇的鋼蹄前展開無窮無盡的空間。多倫多的廣陸，可以任億萬股天風在上面無休無止地翻湧。阿波羅的八匹神駒，曳著金戰車從東方飛騰而起，蹴踏著飆風跨越碧穹，銀鬣如熛射的彗星發出萬丈光芒……黃昏，神駒下降時，仍衝不出多倫多！

多倫多實在大！市中心的大廈在塔下呼嘯而起，向北方奔馳擴散，很快就疏疏落落地無以爲繼，到最後竟精疲力竭；然而大廈力竭，平原仍從容碩大地鋪向北方的天腳。綠色的樹、綠色的草中是一些小得幾乎看不見的房子。多倫多，碩大無朋的多倫多可以容納巴黎，容納雅典和羅馬。看啊，巨大巍峨的建築物奔到力竭時，多倫多的廣陸還青濛濛地向八方呼嘯而去。地平線茫茫的青靄外是理治門山，是布蘭姆頓（Brampton），是億億萬萬的八紘九垓和十萬億佛土。

在太空臺上流連，不覺已到黃昏；落日的紅光照入塔內，把我照成紅輝濡鬢的天上人。偶爾，我回頭西望，幾乎驚呼起來。在我的下方，太陽像顆火珠，發著柔光在地面緩燃，紅焰渥潤欲滴；又像大化的心臟在悸顫；像液體瑪瑙，紅彤彤地斟落一個巨大的藍色水晶盤。我居高臨下，望著一盤流漾的珍珠紅和琥珀光，閃爍著銀月的軟濤，竟在一千四百六十五呎的高空呆住了。

六

這一夜，我一閉上眼睛就腿軟，看見一千四百六十五呎之下的景物搖我魂，撼我魄，見塔身直劈無底，天風如百慕達三角的渦瀾翻湧，把我捲落地面……

然而也是在這一夜，天外的梵音，如寶蓮蕊內的芬芳流入我的夢。這一夜，我成了一隻雲雀，挾撼動天關的雷霆射入了紫霄。

一九八八年四月九日・多倫多

顧客口袋裡的錢

約克大學書店裡，貼著這樣的一張標語：

顧客

顧客是一切生意中最重要的人物。

顧客無須倚靠我們；我們卻須倚靠顧客。

顧客不會打擾我們的工作；他們是我們工作的對象。

顧客進來，是給我們恩惠；我們服務顧客時，並沒有給他們恩惠。

顧客是我們生意的一部分；他們並不是外人。

顧客不僅是現金出納機裡面的錢；顧客是人，感情和我們一樣。

顧客來我們這裡，是為了獲得服務；服務顧客是我們的職責。

顧客該獲得我們最慇懃的招待。

他們是本店的生命線，也是所有店鋪的生命線。

我們的薪水是他們支付的。沒有了他們，我們就要關門。可不要忘記這點。

都是至理名言。不論是哪一個顧客，看完了書店對職員的吩咐，都會感到非常舒服的。

做生意的唯一目的，是出盡方法，把人家口袋裡的錢弄到手裡；方法之多，數不勝數。地產市道不好，建了樓房，恐怕賣不掉，於是徵聘無業遊民扮演顧客通宵輪候，以製造假象，誘人上鈎，是一法。舉辦徵名比賽，以宣傳商品，又是一法。某大雜誌每隔一段時間寄一封信給你，說你是一百個幸運兒之一，是數百萬蒼生挑出來的上帝選民，只要訂購指定的書籍，就有資格參加五百萬元大抽獎，是第三法。你出於貪婪，先後訂購了好幾本書，都不見有抽獎這回事；後來發覺所有的朋友都是上帝選民……某洗衣粉製造商在報上公佈：他們出售的洗衣粉，每盒都有一張圖畫，上繪十二生肖之一，收集到十二生肖的全部彩圖，就可獲名貴汽車一輛，是一千零一法。你又出於貪婪，買了一百盒洗衣粉，十一生肖收集了好幾套，就是缺了那條可以騰雲駕霧、帶你飄飄然升天的龍；龍，根本不會飛進洗衣粉的盒子裡。

古希臘的天文學家托勒密有天動說，認爲第十層天（primum mobile）推動一切，是一切的原動力。人類社會也有第十層天，由名、利、權、色組成。令億萬蒼生在無量無邊阿僧祇刼中殫精竭慮、至死方休的，就是這四大神力。名、權、色三大神力，需要三篇獨立的文字來討論。現在只說利。

日本能成爲全世界最富有的國家，能動輒以千百萬元搶購大師的名畫，是因爲日本人懂得奪利之道。六十年代美國是汽車王國；提到日本出產的汽車，許多人都嗤之以鼻。曾幾何時，北美的人都爭著買日本車。日本人能轉弱爲強，能用行動——而不是用口號，超英趕美，不，超英超美，是因爲他們懂得把顧客口袋裡的錢弄過來。據說日本的車廠，爲滿足顧客的需要，會派專人拜訪顧客，爲他們的身高、身材特製車門和沙發。這則傳說，我一直半信半疑；最近看了《時代》週刊的一篇報導文章，才深信不疑。該文章說，多年來，大家都覺得日本人甚麼都趕上——甚至超過——了西方；就是廁所文明仍然落後。可是最近，即使在這方面，日本人也突飛猛進，大有超越西方之勢。因爲日本人在這方面的最新發明，連如廁者的屁股都照顧到了。

最先照顧屁股的，並不是日本人。法語有bidet一詞（此法語詞英國人也借用），bidet是一種像椅子那樣高的器皿，裡面有特別的裝置，可以引水，專門用來洗滌性器官和屁股。

現代人太忙，上完了廁所都無暇利用這種器皿，只好讓餘臭繚繞於褌內。日本人爲了急起直追，於是開始復古：如廁者放下了負擔，就會有一股暖水射上來爲他沖洗屁股；沖洗程序結束，又會有一股暖氣自下而上，把屁股吹乾。（思果和梁錫華分別有妙文講排洩和廁所。思果認爲抽水馬桶是「人人有關、每天有用，福分最大的享受」。梁錫華則暢談古今中外的方便之所。兩位散文家見了日本人的新發明，又有奇思妙想了。）日本人這麼厲害，怪不得昔日高唱「我是一個兵，來自老百姓，打敗了日本狗強盜」的政權會來一個一百八十度的轉變，爭著和他們親熱了；更怪不得那個年逾八十、做康熙夢到了癡呆地步的老人，有甚麼大事先要向日本上賓稟告，然後才讓國人知道了。

能否把顧客口袋裡的錢弄來，要看生意人對顧客的態度。在這方面，日本人是舉世無匹的魔術師；只要看看你的汽車、冰箱、電視機、錄像機、唱機、收音機、照相機、電子計算機、電扇、洗衣機……就知道日本人從你的口袋裡弄走了多少錢了。

比日本人高尚、不願意從你的口袋裡拿錢的，當然也大有人在。香港旺角以前有一家書店，老闆是個白髮老漢。你進了他的店裡，從書架上拿下一本書，略翻一翻，再放回原處，他就會馬上趕過來，把你剛才翻過的書拿出來，用鷄毛撣子左拂拂，右拂拂，目的是讓你看到，然後小心翼翼把它放回原位，再用手把它撫撫拍拍，像呵護受了委屈的兒子一樣。你恐怕妨礙他護書的義舉，走到另一角，看看另一本書是否該買，是否前些時所買的版本。翻不到三頁，那個愛書甚於愛子的人又趕了過來，站在你旁邊監視你，向你施加心理壓力。你在他強大的磁場內匆匆把手中的書放回原位，他仍會像「偉大領袖」那樣狠辣，「宜將剩勇追窮寇」，故意在你面前不耐煩地把你接觸過的書拂撫移拍給你看。起先，我還以爲自已面目特別可憎，冒犯了老人的寶號；或者樣子特別寒酸，不像個買得起書的人；或者雙手沾了狗糞，玷汚了他的寶典。後來發覺他對別的人也一樣，就覺得他應該關起門來，摟抱熱吻店中的書籍度日；或者專做批發生意，只服務上門拿了貨物就離開的顧客。那時候我大學剛畢業，既有時間，口袋裡也有一兩塊閒錢，進了書店總是大買特買，滿載而歸的。上述的老闆就拿了我不少錢。後來發覺他視我如寇讎，如盜賊，如痲瘋病人，也就敬而遠之了。不久，聽說該書店關了門，視顧客如大敵的老闆死了。唉，從早到晚，虎視眈眈，顧客一觸哪本書，就要像盡責的消防員那樣撲過去滅火。如此鞠躬盡瘁，大傷元神，怎能在勞碌的人間久留呢？他到了極樂世界去，也是好的；那裡不會有人冒犯他的書了。

另一種對待顧客的態度，是面露不悅之色，口吐厭煩之言；你在選擇貨品，未決定該買哪一件，她已經把臉孔拉長，喝道：「買哪一件呢？」你這時如果不識趣，有問題向她請教，就無異火上加油了。

更進一步的，甚至會公然撵顧客。我認識一個人，在藥店任職，有人來店裏買東西，如果碰上他脾氣不好，他就會大喝一聲說：「走吧！走吧！到別家去買吧！難道只有我們這裡可以買得到不成？」聘到這樣的店員，是老闆倒霉。

在廣州一家著名的賓館，見過這樣的一幕：一個香港來客，見服務不周而抱怨，竟遭女服務員申斥。女服務員給顧客的教訓，是用一句義正詞嚴、威如斧鉞、充滿了輕蔑不屑的句子殿後的：「在社會主義祖國裡，豈容你撒野？」服務員教訓旅客時，怒目睜眉，聲色俱厲，彷彿江青樣板戲裡面的人物，走入了現實世界；又像那個鄙夷地問「香港人在哪兒？」的芝麻小官。那位香港旅客，大概做夢也不會夢見這樣的場面，刹那間在迅雷烈風中嚇得目瞪口呆。

優越的社會主義，還有更偉大的發明。「文革」時期，香港旅客到了廣州，會有人替他們砍「尖頭鞋」，剪「臘腸褲」。要坐三輪車嗎？好，你來騎，讓三輪車夫坐。

看了約克大學書店的廣告，我也覺得社會主義優越。在資本主義社會裏，做生意的人會想盡辦法，要你把口袋裡的錢奉上。你看，「顧客是最重要的人物。」「顧客無須倚靠我們；我們卻須倚靠顧客。」「我們的薪水是他們支付的。」……這簡直是巧言令色了。老闆的目的是要你飄飄然把口袋裡的錢奉上。

偉大的社會主義社會就高尚得多了。那裡的人寧願按時睡午覺，也不賺你的錢。你不識好歹，以爲金錢可以換來合理的服務，他們就用《紅燈記》和《智取威虎山》的怒目和吼聲瞪你喝你。這樣，你的錢就可以平平安安地留在口袋裡。誰說社會主義不好？

一九八八年十二月十二日・多倫多

第二輯

不必「三等」

來多倫多之前，聽過一些頗爲唬人的話。其中給我印象最深的，莫如「三等」公民之說：「到了加拿大，就要等吃、等打牌、等死。」聽了這種論調，我首先是莞爾，覺得王爾德的妙語，也不過如是；接著，我感到一陣難過。現代的中國人，爲甚麼要離開故土，到千萬里外做王粲呢？

不過話又得說回來，「三等」公民的論調，對多倫多是不大公平的。僑居多倫多，難道眞的除了等吃、等打牌、等死，就沒有別的事情可做嗎？我看未必。

香港的生活多姿多采，這是誰都知道的了。可是到了多倫多，只要你願意拓展自己的生活領域，可以做的事情還是很多的。有空的時候，你可以乘幾角錢的電車或公共汽車到遍佈各處的公園去散步、賞花。兩年前的暑假，我的時間就幾乎全在公園裡度過。加拿大國如其名，眞是「大」得驚人。到了此地，不好好地掠奪空間，我認爲是一大浪費。

公園逛膩了，你還可以逛商場，逛幽靜的小街和平直光潔的大路。天氣太冷嗎？你可以躲在家裡；無數的電臺和電視臺有精彩的節目等你。要是你喜歡歌劇，就到奧奇夫中心觀賞《麥克貝斯》吧。

到了多倫多，暫時放下王粲的包袱，做做蘇東坡也是可以的。

一九八六年十月二日・多倫多

我老了？

還沒有錢買房子。有一天，要是我有能力到銀行去辦按揭手續，我的房子一定位於新唐人街附近。

多倫多的中國人，如非上了年紀，大都喜歡到較遠的地區住較大的房子。而我竟喜歡在唐人街一帶居住，未免有點特別。

我所以如此，有三個原因。

首先，我現在租的房子，離唐人街還不太遠，已感到很大的不便；買中文報紙、中文雜誌、中文書籍，要乘十多二十分鐘的電車。在中文裡生活了三十多年，哪一天沒有中文書報看，會感到十分的不自在。

喜歡唐人街的第二個原因，和幾年前的經驗有關。幾年前來多倫多，住的地方在唐人街附近。那時正值仲夏，晚上八九時太陽仍未隱退；晚飯後，總喜歡和家人在登打士西街、士巴丹拿大道、大學大道、皇后街和附近的小巷散步。日子一久，對這一區就有了感情。

最後的一個原因比較形而下，完全繫於個人的飲食習慣。我在香港長大，漢堡包、三明治固然喜歡吃。可是我更喜歡叫一壺壽眉，一碟腸粉，一件白糖糕，一邊看中文報紙，一邊淺斟細酌，聽老人家喁喁的鄉音如夏夜的暖潮起落。這種情趣，除了唐人街外，還有哪一個地區可以給我呢？

也許，最主要的原因是：我老了，不能再適應新的生活習慣。但這有甚麼關係呢？活得愉快，不就等於年輕嗎？

一九八六年十月二日・多倫多

天才的標誌

多倫多電臺播的廣告，無論是構思、用字、遣詞都不俗。而前幾天洗臉時聽到的一句，則簡直是金句了：「清白的心境是最柔軟的枕頭」。

我聽了這妙語，心中暗忖：「多倫多的廣告撰稿員眞棒；這已經是詩了。」我的思緒仍未收回，已聽到播音員繼續唸：「生命不過是一枝短燭……」這不是莎士比亞劇本《麥克貝斯》裡面的名句嗎？接著，播音員宣佈，韋爾第改編自《麥克貝斯》的歌劇正在奧奇夫中心上演。刹那間，我恍然大悟。原來最先聽到的名句，也出自莎翁之筆。

《麥克貝斯》一劇，我讀書時看過，但日子久了，裡面的許多對白已經忘記。現在重聽，在沒有先入爲主的情況下仍覺得上述的名言不同凡響，足見天才有獨特的標誌。

這種感覺，聽音樂時也會有。我不是音樂家，音樂經驗主要從電臺得來，對許多名曲仍不熟悉。可是我扭開收音機，常會在樂曲播放時聽得出哪一首是莫扎特的作品。我並非莫扎特專家；莫扎特的許多作品我還沒有聽過。可是他那行雲流水般的妙韻和明快的節奏，幾乎像商標一樣註了册，別人要模仿也模仿不來，一如〈峨眉山月歌〉、〈襄陽歌〉之於李白，不可能出自別的詩筆一樣。

前幾天和家人在公園划艇，突然見一隻野鴨拍翼而起；可惜鴨子用盡了力氣仍飛得不高。我仰望著那雙鼓動得急促而辛苦的翅膀，不禁喃喃自語：「是鷹，就不會飛得這麼費力了。」

莎士比亞、莫扎特和同級的天才，正是飛得又高又舒服的天鷹。

一九八六年十月九日・多倫多

豈敢不慎？

《時代》週刊的英文一向以生動活潑著稱，可以成爲寫作的楷模。但前些時有一位讀者投書，談到某一期的內容時這樣說：「頂好的一期。不過你們談三十年代的那篇文章的風格令我頭暈。你們說『海明威的小說把作者後推進美國作家的前鋒』時，我的感覺尤其如此。」

遭讀者非議的句子，原文是這樣的：「Hemingway's novel *propels* him *back* into the *forefront* of American writers」。這句英文的毛病不在語法，而在邏輯和思維。propels 是向前推，back 是向後，forefront 是前鋒、前線。原文的比喻鮮明，而且頗富動感，可是讀者看了的確會頭暈目眩。向「前」怎麼又會推「後」呢？而推後的結果竟是到達「前」鋒，就更加不可思議了。這句英文所以令讀者摸不著方向位置，主要因爲作者的思維不夠縝密。

文字是思維的果實，思維不清，文字就很難有明晰的層次和條理了。這種說法，既適用於中文，也適用於英文。在華人社會裡，常常聽人說，今日的許多學生，已寫不出像樣的中文。到了北美，也聽見許多教授說：大學生不會寫英文。語文程度低落，也許是今日世界的普遍現象。造成這現象的因素很多。一般人落筆前沒有慎思，是原因之一。

誰都知道，文字不容易駕馭，大詩人艾略特寫了幾十年詩，仍在他的力作《四個四重奏》裡慨嘆和文字搏鬬之難。《時代》週刊的作者訓練有素，尚且失蹄；未受過訓練的人拿起筆來，豈敢不慎？

一九八六年十月十日・多倫多

退休的誘惑

論年紀、論經濟能力，我都沒有退休的資格。突然提到退休，是因爲過去幾星期有了新的經驗，覺得沒有工作的壓力，是人生一大樂事。

九月辭了香港的職位來多倫多，當務之急自然是尋找謀生的途徑了。可是在賦閒期間，我的心理頗爲矛盾：一方面希望儘早找到工作或做點小生意，因爲家庭不能長時間有支出而無收入；另一方面卻希望把時間留下來，做自己喜歡做的事。在目前的情況下，要兩全其美，無疑犯了西諺所譏的毛病：「既要留餅，又要吃餅。」於是，我只好幻想自己有足夠的經濟能力，然後退休。

退休後，要做的事多得很。首先，我會好好地讀一讀以前想讀而又沒有時間讀的好書。文學、哲學、歷史……中國的、外國的，在書架上等了我十多二十年，如今跟隨我越過太平洋來多倫多，正好仔細地翻閱……離港前一氣買來的幾十本佛經還未有時間拆開；佛祖的智慧，在暗箱裡閃著舍利子的光芒。荷馬、維吉爾、《摩訶婆羅多》……應該讀原文了。還有……還有許多東西可以寫：詩啦、散文啦、戲劇啦……

有一個時期，愛爾蘭詩人葉慈的生活十分寫意：何時看喬叟的書，何時散步，何時寫作、釣魚、和朋友聊天，都由自己安排；時間是他的僕人，不是他的主子。這樣稱心的生活，不是有資格退休的人才能享受嗎？

許多人在退休後沒有寄託，時間打發不了，衰老的速度會飛也似的增加；於是聞「退」色變。在目前的階段，我還未能對這種心理產生共鳴。反之，退休生活對我有無比的誘惑。

——我希望做時間的主人。

一九八六年十月十六日・多倫多

收穫的喜悅

自小就像別的孩子一樣，有機會吃蘋果。蘋果拿在手中，總以爲理所當然。到了去年，我才從慣性的認識裏走出來，充分領略了吃蘋果的喜悅。

去年暑假，和家人一起到詹姆士公園。多倫多的公園比香港多，而且面積大，花卉、樹木的種類極夥，進了去就捨不得離開。園中最吸引我的，是無處不在的蘋果樹。樹上纍纍的果實，有的仍然青綠，有的綠中透紅，也有熟透了的，迎著盛夏的太陽閃著紅彤彤的光，引誘著上仰的眸子。而草地上，則有紅有綠，盡是從樹上掉下來的蘋果。

蘋果吃得多了，卻沒有見過這種景象。於是我脫下鞋子，攀到樹上去，細細地觀看這熟悉而又陌生的果實。望著枝椏被一堆堆的蘋果壓彎，剎那間，我走進了蘋果樹的根鬚和脈絡，感覺到土壤的溫暖，雨露的涼冽，以至陽光的重量。我不由自主地伸出手去觸摸那些蘋果，一瞬間感到了農民收穫時的喜悅。

兒子就讀的幼稚園外，也有一棵蘋果樹。去年冬天，每日都送他上課。打樹下經過時也看到纍纍的蘋果把樹枝壓彎。掉在地上的，紅綠二色和白雪相映，有如對照鮮明的靜物畫。於是，我也俯身拾起一個，放在掌上細細地端詳，快樂得像果園的主人。

小時候夢想到法國留學，暑假時就到葡萄園去工作，採摘纍纍的果實。後來又想來加拿大伐木，在原始森林裏聽大自然渾厚的吐納。

這些經驗迄今都沒有經歷過。現在有機會親近蘋果，也算是一種補償了。

一九八六年十月十七日・多倫多

勞動的尊嚴

深夜回家，發覺大門反鎖了。在外面過了一夜，第二天醒來，馬上找開鎖匠。開鎖匠伸手輕輕一挑，大門應聲而啓，開鎖的費用是六十一元。

六十一元，等於港幣三百多元。在香港生活的人，會覺得這樣的收費太貴。開一把鎖，是否該付三百多元港幣呢？這個問題恐怕不容易有結論。不過從這件小事可以看出加拿大和香港不同之處：加拿大的體力勞動，有更多的尊嚴。

在加拿大生活了多年的親友告訴我，這裡的公共汽車司機、消防員、警察、郵遞員所領的薪水，和大學教授所領的差不多。清潔這一行，每小時的工資是十二元，許多人想幹都沒有機會，因爲政府常僱用捍衞過國家的退伍軍人，以示優待。這樣的現象在香港眞是聞所未聞。在香港人的心目中，清潔工人的地位並不高；即使警察，也得不到應有的尊敬。記得數年前，《南華早報》登過一則新聞，說某團體舉辦了一次問卷調查，叫香港人給問卷所列的一百二十種職業定高下。結果律師得第三名，醫生得第二名；一百二十行之中，地位最高的是大學教授；警察則落在一百一十名之外，與娼妓為鄰。當時，我覺得香港人對警察太不公平。警察冒著生命危險保護他們，卻得到這樣的評價，實在冤枉。

到了多倫多，見值得尊敬的行業獲社會認可；各行業的地位，沒有香港那麼懸殊，心中遂有感悟：健康的社會，不是該如此嗎？

我唯一的顧慮是：有些工會不以大局為重，動不動就罷工，拖垮經濟，結果是勞方和資方兩敗俱傷。

一九八六年十月二十一日・多倫多

飛機的啓示

大概住的地方是飛機東行時必經之路吧，每天總有多次，聽見隆隆的聲音自遠而近，到了屋頂之上好幾萬尺又漸漸遠去。

這時，如果我剛出門，或者從外面回家，就會仰首朝聲音的來源望去。如果天晴的話，我會看見一架飛機，比玩具大不了多少，一直向東南飛去，一點也不猶疑。東南有什麼呢？我看不見，可是飛機卻清清楚楚地知道，東南有一個目的地在等它，可以供它降落。只要它沿著既定的航線飛，最後，一條長長的跑道會在雲霧下面伸出來迎接它，天地屏息間，一切美麗的風景會把它摟抱。

天陰的時刻，我看不見飛機，只聽見隆隆的巨響滾向東南。可是我知道，雲霧之上必定有一架飛機，從多倫多國際機場起飛後，一直自信地衝入東南的茫茫，衝往毫不渺茫的目標。

離港前，曾經在太平山頂和朋友遠眺啓德機場。黑暗中有一架飛機衝出跑道，紅燈和綠燈在機翼、機身閃爍。跑道之外，是一去無邊的黑暗，是令人心怯的未知，無從捉摸，也無從把握。然而飛機是那麼自信，彷彿是一支利箭，由一位更自信的神射手從一張勇銳的強弓射出來。飛機越衝越快，最後一仰首，就倏然掙脫了大地的羈絆，把港九的光海拋在下面，毫不退縮地飛入黑暗深處。

「啊！外面黑暗不要緊，裡面有一盞辨別方向、找尋目標的燈就行了。」我們在自言自語，知道那架沒入黑暗的飛機，會在遠方的跑道上怡然降落。

一九八六年十一月一日・多倫多

為火車說幾句話

去過歐洲、然後來北美的人都會發覺，平均說來，北美洲比歐洲富裕。然而也正因爲如此，北美的交通系統有一個嚴重的弱點：鐵路的客運不發達。由於北美富裕，大多數人都可以買車子，遠行時就很少坐火車了。在加拿大和美國，你會聽見朋友說，某一天他從甲城開車往乙城；某一天，又從丙城開車往丁城。如果要趕時間，他就會乘飛機，卻鮮會光顧火車。

火車的顧客少，鐵路運輸自然不會發達了。鐵路運輸不發達，世界的能源一旦再發生問題，交通和運輸就會受到沉重的打擊。一列十多節的火車可以載多少乘客呢？我沒有計算過，但總會有千多人吧？那麼，一列火車的載客量，至少要數百輛汽車才運得完；如果每輛汽車像常見的那樣，只坐一個人，所需的汽車恐怕會更多。結果同樣是運載千多人，汽車所耗的能源，是火車的數十倍，甚至數百倍。

能源危機，一九七三年已經發生過，而且相當嚴重，在北美洲淘汰了許多大型汽車。現在，石油的價格下降了，產油國家要減產把油價擡高，大家又忘了一九七三。多年前，專家已提出過警告：我們以目前的速度消耗燃油，到公元二十一世紀，世界就無油可耗了。這樣看來，我們如果不能在短期內普遍採用太陽能，另一次危機遲早會出現。屆時汽油的產量銳減而價格劇增，千百萬部汽車就不可以在高速公路上跨州過省了。這樣的情形一出現，北美的交通可能會癱瘓。因此在危機發生前，美、加政府應該大力發展鐵路運輸，鼓勵人民在遠行時多乘火車。

歐洲沒有北美洲那麼富裕，一般人都要依賴公共交通，結果火車的運輸發達，不但班次頻密，而且快捷安全。世界如果再有能源危機，歐洲會比北美洲更善於應變。

一九八六年十一月一日・多倫多

做家務

生下來就喜歡做家務的人不是沒有，但相信不會太多。來了加拿大後，喜歡也好，不喜歡也好，反正能逃過家務的人少之又少。

在香港，夫婦上班，家中有母親做大後方。到了多倫多後，我才從空中走下來，觸到了最具體的現實。

妻子不在家，要獨自煮飯，餵兒子，洗衣服、燙衣服、剪草，去超級市場購物，替兒子洗澡，眞是苦不堪言。在浴缸旁彎著身，洗完了幾件衣服，腰背也伸不直了。即使在超級市場或商店付錢，我也感到窒礙不靈。香港的貨幣雖然有「分」這個單位，日常使用的卻只有「角」和「元」。到了多倫多，局勢馬上複雜起來，因爲許多貨品的價錢往往是元、角、分俱備的。我付了鈔票，腦子就混亂一片，不知道出納員該給我多少找頭。在香港習慣了元、角，到了多倫多，竟被「分」這種單位弄糊塗了。在最初的一段時間，我接過找頭後往往奮鬪良久，最後還是投降，不再理會找頭對不對，就硬著心腸把掌上的紙幣和大小不同的鎳幣、銅幣塞進口袋裏。中國舊時的商店常掛「童叟無欺」的招牌。我這個童叟不如的人，似乎要看到另一種招牌才會放心呢。

最近，我煮即食麵有了進步；替兒子洗澡時，浴室裡不再有充滿抗議味道的哭聲；看著剛燙好的衣服，我會滿足得像農夫犂完了十多畝田。還有，今天下午，在商店的櫃臺前，我終於制服了調皮搗蛋的「分」！

一九八六年十一月二日·多倫多

是平陽還是淺水？

從祖家移居別的地方，事業的發展總要打折扣的。幸運的打個九折、八折，不太幸運的打個七折、六折，倒霉的打個五折、四折，甚至三折、兩折。凡是下了決心，要暫時或長期自我放逐的人，首先要有這樣的心理準備。

多倫多的許多華人，如非土生，不得志時很容易把心中所想宣之於口：「唉，眞是虎落平陽。」這些族人的心境，我完全明白；他們的經驗我也深切了解。不過我覺得「虎落平陽」這個比喩用得不夠穩妥。「虎落平陽」的下半句是「被犬欺」，上句是「龍游淺水遭蝦戲」。

到加拿大定居的人之中，無疑不乏龍虎。可是加拿大不見得就是平陽或淺水；加拿大人也不見得盡是犬蝦。此外，加拿大是法治之邦，對人權十分重視，白人即使不喜歡華人，但受到法律的約束，通常不會宣諸口舌或形諸行動。所以一般說來，華人是不會遭人「欺」、「戲」的。

要形容加拿大的華人，可以用更貼切的比喻：他們是鷹，跌入了水中和魚兒較高下；是魚，擱淺在沙灘上和走獸分後先。

華人到了加拿大，不一定要「等吃、等打牌、等死」，做「三等」公民，卻一定要有「打三折」的心理準備，做能屈能伸的大丈夫。

一九八六年十一月二十一日・多倫多

用一隻冷眼睨生，睨死

生命的壓力難以抵擋時，讀詩是很好的化解方法。詩，可以像宗教一樣，給你智慧，給你勇氣。請看愛爾蘭詩人葉慈臨終時所寫的一首詩的結尾：

用一隻冷眼
睨生，睨死。
騎士啊！向前！

Cast a cold eye
On life, on death.
Horseman, pass by!

葉慈是二十世紀公認的大詩人，風格多變，晚年的吟詠拙樸蒼渾，可以和夔州時期的杜子美輝映。上述幾行，筆觸遒勁，只有經生命淬礪過的詩人才寫得出。詩中所反映的態度是積極的。詩人接受了生命的挑戰，然後看透死生，以桀驁無畏的精神，以毫不妥協的語調，昂揚而自信地呼出這樣的金句。引文共三行，每行四個音節，唸起來幾乎都有萬鈞的重量。音節的重量，加上沉渾的節奏，使人想起《聖經》中某些精彩的篇章；除了末行的 Horseman，三行全用單音（其中以長元音最多），結果詩人的信息能一錘一錘的擊落生死的胸膛。

最後一行的「騎士」，是葉慈常用的意象，一般用來象徵逴躒、高貴。騎士所御的馬，是雄偉壯美的動物。讀者見騎士策馬而過，會感到振奮昂揚，胸中的沮喪也會一掃而空。

葉慈卒後，上述的三行詩成了他的墓誌銘，在愛爾蘭發出智慧的光輝；並且鼓舞著千萬讀者，教他們「冷眼睨生，睨死。」

一九八六年十一月・多倫多

黑甜頌

能充分享受睡眠之樂，是到了多倫多之後的事。

我這樣說，容易引起誤會；有些讀者也許以爲我長期失眠，在香港一直沒有好好地睡過。不，來多倫多之前，我也有睡眠之樂的。每年四五月，在春水般的鳥囀中醒來，睡意如酥軟的黑土掛在我意識的根鬚，欲墜未墜；如春雪在東風下漸漸消融，從我的夢邊褪去。這時，我就會領略到睡眠的溫柔。在盛暑的下午，枕著芭蕉葉送來的涼風，蟬聲中如一隻白天鵝滑入睡域的水澤；在北斗凋露的秋夜，披一張薄被，浸在涼冽的醇酒裡，悠悠忽忽，乘一隻星槎漂向天河，漂過織女的機杼聲。這些樂趣，在香港也是有機會享受的。

可是睡眠的至樂，只有嚴冬才能夠給我。多倫多之冬，比香港的冬天寒冷。到了多倫多後，又比香港任何一個時期忙；每天工作完畢，往往已近深夜。這時，外面寒風鞭窗，雪封的道路沒有行人，溫暖的睡房就像個避風港，引誘我這葉倦舟歸航。由於外面寒冷，室內顯得特別暖和。這時候，我會擱下尚未解決的問題，忘記種種煩惱，像破舟衝出了北極的風雪駛入和暖的陽光，放下一切警戒，緩緩地滑進港內。漸漸，雛鳥的毻毛一絲一絲的從九天飄下，又暖又軟，最後成為金黃的雪瓣柔柔地把我覆蓋。

一九八六年十一月・多倫多

對付仇人的四種方法

這裡所謂仇人，是指中傷、打擊、或陷害過你的人。對付這樣的人，大致有四種方法。

第一種方法最常見：找機會復仇。中國有句俗語，說「有仇不報非君子」。武俠小說和武俠電影，也常靠報仇的主題才能發展下去。一般人受了打擊，最直接的反應是伺機報復。

第二種方法是鄙視仇人，不屑和他計較。仇人的地位或分量和你懸殊時，這方法也用得著。你知道，和不同等級的人較量，只會拉高他的身價。這種方法，實行起來比第一種難，因為有仇不報，要有很大的忍耐力；滿懷積恨無處發洩，也會影響你的心理健康。

第三種方法更難。那就是怡然把仇人忘記。睚眦必報，以牙還牙；報復後身心舒暢，誰都可以做到。鄙視敵人，雖然不能給他具體或直接的打擊，但在心理上仍不失為一種報復。惟有第三種方法，不給你任何宣洩，要你讓仇怨像一陣風吹過。這種境界，就不是一般人可以到達的了。

然而最難的方法是第四種：原諒仇人。這種方法，不但要你有寬宏的胸襟，而且還要你把消極的忘記化爲積極的原諒。

採用第一、二種方法的人，我會理解。採用第三種方法的人我會欣賞。能夠令我景仰的，只有採用第四種方法的聖者。

一九八六年十一月・多倫多

路不拾遺

風雪很大，而且下著雨。早上出門趕往市中心時穿著大衣，戴著皮手套，一邊擎著雨傘，一邊把公事包夾在腋下，走起路來很不方便。街上到處是污黑的雪泥和冰冷的積水。橫過馬路對面時得小心翼翼，以免跌倒。

登上一輛西行的電車，身體暖和了些。於是脫下手套，享受那片刻的喘息機會。電車大約行駛了五、六個站，我偶爾收回那些飄向四面八方的思緒，看看膝上……咦，公事包哪裡去了？俯首望望腳下，找不到；於是彎下腰來，在周圍的位子下搜索，公事包仍然不見踪影。難道上車時丟在司機附近？於是離座到電車前面找；仍然找不到。惶急中匆匆下車，到馬路對面登上一輛東行的電車，折回剛才候車的地方。我的公事包丟在那裡，大概仍等我來撿吧？不過這只是一廂情願而已……啊，一定是離家關門時把它擱在門口的梯級了。我滿懷信心地趕回家，門前只有大雪和我剛才留在雪上的靴印。

怎麼辦呢？十時三十分就要開會，現在連公事包都不見了，惶急間我憤然責罵自己糊塗粗心；然後又替自己開脫：天氣也眞是壞透了！戴著手套，感覺遲鈍，丟了東西也不會覺察的啊……

我正在廳中急得團團轉，電話響了，是附近的警署打來的，問這裡有沒有一個叫黃某的人。我應了。電話線的另一端說，有人拾到了你的公事包，現在交到了警署，等你來認領。公事包裡有文件，有支票、匯票、存摺、現金。路不拾遺的人是一位計程車司機。我想寄一件小禮物給他，以表示感激。可惜他沒有留下地址。

一九八六年十二月二十五日・多倫多

還是輪流休息好

星期天不准營業，對香港人而言，是不可思議的。然而安大略省就是這樣：你星期天做生意，警方就會把你檢控。前幾天，多倫多的一些大百貨公司揚言要在星期天營業，但安大略高等法院決定維持原來的法律，於是各公司只好讓步，星期天仍舊把大門關起來。

政府禁止大公司在星期天營業，有兩個目的：一是保障僱員的權益；二是維護宗教傳統，讓大家在星期天去教堂。政府的用意十分好，而且也合情合理。星期天大家都休息，爲甚麼偏要大公司的僱員上班呢？星期天大家都去逛公司，哪裏還有時間和心情去教堂？

反方的論點也同樣有理：據統計，多倫多各大機構的高級職員，平均每個月有一個星期天要做超時工作。百貨公司的職員如果出於自願，每四個星期有一個星期天上班，不是很公平嗎？何況他們可以在別的日子補假呢。許多人一星期上班六天，只有禮拜天才有空到百貨公司去購物，如果百貨公司在這天關門，他們會感到極大的不便。至於去教堂，並不需要整天的時間，眞正虔誠的教徒，不會因爲有公司逛就把教堂忘記的。不去教堂的人，不見得會因百貨公司關門就去教堂。逼出來的虔誠，也沒有太大的價值。

在八十年代的今日，國際競爭激烈，加拿大如要把經濟搞活，是不宜跟隨英國的。而且強迫人家休息和強迫人家工作一樣，都有違反人權之嫌。那麼，老闆把星期天的工資提高，以鼓勵僱員上班又如何？如果僱員出於自願，政府就不應該剝奪他們工作的自由了。

星期天讓人家自由工作，不但顧客方便，老闆和僱員可以多賺點錢，而且加拿大的工商業會暢旺起來，就業人數也會跟著增加，何樂而不爲？輪流休息，不是對社會更有利嗎？星期天在伊頓中心一帶逛，舉目盡是關閉的店舖，平日充滿了活力的街道，這時竟全部進入了冬眠狀態。於是覺得，禁止星期天工作的法令，已經到了扼殺生機的地步。

士巴丹拿大街的一個皮貨商被檢控了兩百多次，仍堅持在星期天營業。我同情他；他在星期天的收入，佔總營業額的百分之四十。

一九八六年十二月二十五日・多倫多

再做小學生

「……本學期的課程有阿爾巴尼亞語、阿拉伯語、亞美尼亞語、孟加拉語、柬埔寨語、漢語、克羅地亞語、捷克語、荷蘭語、愛沙尼亞語、德語、希臘語、古吉拉特語、希伯來語、印地語、匈牙利語、意大利語、日語、朝鮮語、拉脫維亞語、馬其頓語、奧傑布華語、波斯語、波蘭語、葡萄牙語、旁遮普語、塞爾維亞語、塞爾維亞—克羅地亞語、斯洛文尼亞語、西班牙語、烏克蘭語、烏爾都語、越南語。」

初看上面一連串的語言名稱，以爲是外語學院或大學外語系的簡介；細看之下，才發覺自己猜錯了。上面所列，是多倫多祖裔語言課程。由多倫多教育局主辦，上課的中心遍佈各學校，共有五百五十四班。老師不一定是專家，但敎授的都是自己的母語。

過去十多年，我也唸了一些外語，但都是較普遍的；想唸較僻的一些（如古希臘語），一直找不到啓蒙老師。在香港，要學外語其實是非常方便的了。法語、德語、意大利語、西班牙語、日語，都有好老師教授。來多倫多後，發覺加拿大在這方面也毫不遜色。由於加拿大有各國的移民，政府對各種族的文化又能兼容並包，各學校也就紛紛開設祖裔語言班，使兒童在學習英語和法語之外，有機會聽到祖先的呼喚。

多倫多的兒童有這麼好的條件，實在值得羨慕。我看了祖裔語言的課程表，就希望再做小學生，選讀現代希臘語、希伯來語、孟加拉語、波斯語、阿拉伯語、波蘭語、捷克語、匈牙利語……這樣一來，接觸艾利提斯、《聖經》、泰戈爾、奧瑪・卡彥姆、《天方夜譚》、福沃舒、塞菲特、裴多菲時就不必依靠翻譯了。

一九八六年十二月二十六日・多倫多

回歸田園

住的地方位於多倫多市，雖不在央街、貝街或大學大街，但距離市中心很近，肯定比陶淵明結廬卜居的「人境」熱鬧。然而住上了四個月，竟對這地區產生了好感。

在市中心乘五〇六路電車回家，過了國會街不久，在我的視域內展開的，就是英國的平原、山谷、丘陵。

身在加拿大，怎麼扯到英國去了？不錯，的確是英國，而且是大自然未遭污染時的英國。

過了劍街，首先迎上來的，是河谷（Riverdale）、多恩河（Don River）、多恩谷（Don Valley）。這一帶的風景不算十分突出，和多倫多著名的風景區比較，可能連小巫也沒有資格做。然而「河谷」一詞，已經在我眼前揭開了英國田園詩的世界。我耳邊雖然是隆隆的車聲，我的心靈卻返回了二十世紀之前的英國。

電車馳過了多恩河，我的田園世界更越來越眞實了：寬景(Broadview)、翠林(Greenwood)、紅木(Redwood)、幽谷邊(Glenside)、高原之野(Highfield)、梣谷(Ashdale)，一一在我眼前展現。到了這時，我已經進入斯賓塞、莎士比亞、湯姆森(James Thomson)、科林斯(William Collins)、庫珀(William Cowper)、華茲華斯、柯爾里奇、濟慈的詩裏，置身於英國的田園了。

一一在我眼前展現的，不過是平凡的街名，在一個個的街口靜立著，然而映進車窗後，卻把一個唸英國文學的人帶離了市區。

居住在梣谷大街以東，想不到有這樣的收穫。

一九八七年一月十四日·多倫多

從語助詞想起

講國語的人聽粵語，會覺得廣東人的語助詞用得很多。國語也有語助詞；常見的包括「呢」、「嗎」、「吧」、「啊」、「唄」、「了」、「的」……不過據語言學家統計，廣東人說話時，語助詞用得特別多。

驟然看來，語助詞有點像人體中的闌尾，可有可無。但事實並非如此：語助詞有點像眼睛，可以使說話人要傳遞的信息和感情產生微妙的變化。你提到某人的職業時，可以說：「佢係律師」；也可以說：「佢係律師嚉」；「佢係律師吡」；「佢係律師咋」。各種說法，都表示了不同的態度。衡量一個人的粵語火候，除了聽他的發音外，還要看他能否準確地掌握語助詞。

在香港長大的人，所講的自然是道地的粵語。可是不少香港人到了加拿大後，會不知不覺地丟掉許多語助詞，把語氣的擔子儘量往「啫」字的肩上放。於是，「啫」字大權獨攬，把「吖」、「嘅」等同類踢到一邊，久而久之，他們常用的語助詞會減少，說粵語時，語氣就缺乏繁富而微妙的變化了。

用語言學的眼光看，語言中的任何變化都是客觀的現象，沒有好壞之分。英國人說：「See you on Friday」，美國人把 on 字省掉，說「See you Friday」。英國人的雙元音o到了加拿大後變成了元音；加拿大人說cold，和英國人大不相同。在法語和西班牙語裡，我們也有同樣的情形。魁北克的法語，南美的西班牙語，巴黎人和卡斯蒂利亞（Castilla）人聽了，都會感到陌生。但語言學家都不會說哪一種優，哪一種劣。

那麼，香港人的粵語到了加拿大後發生變化，也是十分自然的事。我偏愛香港的粵語，也許是習慣使然吧？

一九八七年一月十五日・多倫多

零下二十度游泳

只要你有興趣，在零下二十度游泳並不困難，因爲零下二十度的嚴寒，不能奈何你分毫；浸著你身體的，是零上二十多度的暖水。

香港也有室內泳池，但數目不多。在冬天想享受暖水，要走很遠的路。多倫多的情形不同；無論你住在哪裏，附近都會有一個——甚至多個——室內游泳池引誘你。

冬天游泳和夏天游泳不同。夏天沒有雪，室內和室外的分別不大。冬天卻飛雪千里，平地、斜坡、屋頂全在皚皚中隱沒。一打開門，冷氣就如海潮倒入歸墟，幾乎把剛要外出的你撞跌。

你穿著大衣、長靴，戴著手套在街上走，雪就毫不留情地鞭打你的臉。如果你站著不動，你會成爲雪人，轉瞬間風化成史前怪物的。這時，你雖然戴著手套，但手指仍痛如火炙，彷彿不再是你身體的一部分；至於血液，也似乎在你的脈管裏像萬瀆千川凝結。

然而不管風雪多大，從室外一走入泳池，你就像一尾可憐的魚，從北冰洋逃了出來，泳入夏日的暖流；又如亡魂，在地獄的冰窟獲救，進入風和日暖的天堂。站在玻璃後，你會奇怪，剛才怎能活著在外面走動。在這一刻，你會覺得冬天的泳池要比夏天的可愛十倍百倍；把你柔柔地撫拍的，已不是水，而是溫暖的醇酒，用夏夜的蘭香和天使之吻釀成。在這樣的水中游泳，已經是王侯的享受了。

一九八七年一月二十八日・多倫多

三民叢刊書目

①邁向已開發國家　孫　震著
②經濟發展啓示錄　于宗先著
③中國文學講話　王更生著
④紅樓夢新解　潘重規著
⑤紅樓夢新辨　潘重規著
⑥自由與權威　周陽山著
⑦勇往直前
・傳播經營札記　石永貴著
⑧細微的一炷香　劉紹銘著
⑨文與情　琦　君著
⑩在我們的時代　周志文著
⑪中央社的故事(上)
・民國二十一年至六十一年　周培敬著
⑫中央社的故事(下)
・民國二十一年至六十一年　周培敬著

⑬梭羅與中國　陳長房著
⑭時代邊緣之聲　龔鵬程著
⑮紅學六十年　潘重規著
⑯解咒與立法　勞思光著
⑰對不起，借過一下　水　晶著
⑱解體分裂的年代　楊　渡著
⑲德國在那裏？(政治、經濟)
・聯邦德國四十年　郭恆鈺　許琳菲等著
⑳德國在那裏？(文化、統一)
・聯邦德國四十年　郭恆鈺　許琳菲等著
㉑浮生九四
・雪林回憶錄　蘇雪林著
㉒海天集　莊信正著
㉓日本式心靈
・文化與社會散論　李永熾著

㉔臺灣文學風貌　李瑞騰著
㉕干儛集　黃翰荻著
㉖作家與作品　謝冰瑩著
㉗冰瑩書信　謝冰瑩著
㉘冰瑩遊記　謝冰瑩著
㉙冰瑩憶往　謝冰瑩著
㉚冰瑩懷舊　謝冰瑩著
㉛與世界文壇對話　鄭樹森著
㉜捉狂下的興嘆　南方朔著
㉝猶記風吹水上鱗
・錢穆與現代中國學術　余英時著
㉞形象與言語
・西方現代藝術評論文集　李明明著
㉟紅學論集　潘重規著
㊱憂鬱與狂熱　孫瑋芒著
㊲黃昏過客　沙究著
㊳帶詩蹺課去　徐望雲著

㊴走出銅像國　龔鵬程著
㊵伴我半世紀的那把琴　鄧昌國著
㊶深層思考與思考深層
・轉型期國際政治的觀察　劉必榮著
㊷瞬間　周志文著
㊸兩岸迷宮遊戲　楊渡著
㊹德國問題與歐洲秩序　彭滂沱著
㊺文學關懷　李瑞騰著
㊻未能忘情　劉紹銘著
㊼發展路上艱難多　孫震著
㊽胡適叢論　周質平著
㊾水與水神
・中國的民俗與人文　王孝廉著
㊿由英雄的人到人的泯滅
・法國當代文學論集　金恆杰著
(51)重商主義的窘境　賴建誠著
(52)中國文化與現代變遷　余英時著

⑤③橡溪雜拾

思果 著

本書爲作者近年來旅美讀書心得、生活觀感。作者人生經歷豐富，觀察入微，涉筆成趣，說理深入淺出。觀世的文章，卻沒有說教的味道，詼諧之文寫來沒有做作的痕跡。有美麗如詩的短文，也有談論科學知識的篇章。適合各階層讀者加以細讀品味。

⑤④統一後的德國

郭恆鈺 著

兩德統一不是西德用馬克吃掉東德，也不是聯邦德國版圖的擴大，而是兩個政經體制完全不同的國家及人民的重新整合。本書從這個角度出發，介紹統一後的德國在經濟、政治、法制、教育以及意識型態等多方面所遭遇到的諸多問題。

⑤⑤愛盧談文學

黃永武 著

本書以中國文學詩歌爲主體，爲維護中國文字的正體字而大聲疾呼；爲光揚中國古典詩在現今美學中的價值而細心闡發；對於敦煌新發現的寫卷資料，也用淺顯筆法作應用的示範；對西洋星座起源的追索以及對「圖象批評」的分析，均極具啓發作用。

⑤⑥南十字星座

呂大明 著

人生是一段奔馳的旅程，生命的列車載著你、我向四野茫茫的時空飛奔……當你在生旅中奔馳，請爲這本小書逗留片刻，書中有人間至情、生活的哲思、美的闡釋、文學盤古的足音，有清純如童謠般的吟唱，也有鐫心的異鄉情懷……

(57) 重叠的足跡　　韓　秀　著

因爲一份眞摯的愛，對文學，對那塊廣袤的土地，對那些親如手足的人；所以有了理解，有了同情，有了尊敬；那怕是擦身而過，也會留下痕跡，留下感觸。本書作者以親身經驗寫她和十多位作家的交往，爲當代中國文學史添加幾頁註脚。

(58) 書鄉長短調　　黃碧端　著

本書內容包括文學隨筆、新書短評、域外書介三部分。作者藉由理性的角度、感性的筆調，評論了近幾年來出版的一些小說，兼論及文學界的一些人與事，並對中文西譯的困難展現出相當程度的關懷。

(59) 愛情・仇恨・政治
・漢姆雷特專論及其他　　朱立民　著

本書論及四部莎士比亞悲劇裏的各類問題：如朱麗葉的父親對悲劇發生的責任、奧賽羅黑皮膚的反諷、漢姆雷特內心的衝突、勞倫斯奧立弗如何改編莎劇及柴弗瑞里如何處理漢姆雷特的戀母情結等等。

(60) 蝴蝶球傳奇
・眞實與虛構　　顏匯增　著

本書所力圖企及的絕非所謂的「魔幻寫實主義」，而是企圖尋找一個眞正屬於「紙上文字世界」的經驗。作者認爲唯有從紙上經驗「本身」獲得眞實的感受，才能在諸般迥異於文字世界的世界中，洞見出眞正活生生的東西……

(61) 文化啓示錄

南方朔 著

目前的臺灣正在走向加速的變革中，相應的是一切變革之後的「文化」改變卻明顯的落後太多。「文化」與現實的落差是作者近年鍥而不舍於「文化」問題的原因，本書則是提供讀者一個思考的空間。

(62) 日本這個國家

章 陸 著

本書從東、西方及過去、現在、未來等衝擊與演變，綜看日本的萬象。作者以旅日多年的見聞，根據今昔史實，敍述日本的風土習俗、文化源流、天皇制度、政壇人物、社會現象等等，並比較其互爲因果，以期能向國人提供認識日本的一些參考資料。

(63) 在沉寂與鼎沸之間

黃碧端 著

本書是作者對當今時事的分析評論集，篇篇都有獨到的見解，觀察入微、議論平實。除了能啓發讀者另一層思考外，亦展現出高度的感性關懷。在紛擾鼎沸的世局中，是一股永不沉寂的清流，值得關心國事的人，同來思考與反省。

(64) 民主與兩岸動向

余英時 著

一九八七—九一是海峽兩岸局勢動盪最劇烈的時期，在此關鍵時刻，本書作者以一個「學歷史的人」的觀點，對中國的民主發展及兩岸動向提出一些見解，期望此見解能產生「見往知今」的效用，同時也期待處於此歷史轉折點上的中國人一起省思。

⑥⑤靈魂的按摩

劉紹銘　著

本書作者長年旅居海外，以宏觀的視野、幽默風趣的筆調，對當代中國文學及世界文化現象，加以詮釋及評析。希望讀者藉著本書的「按摩」，不僅能達到滌清思緒，舒筋活骨之效；更能對這個既熟悉又陌生的世界，有著嶄新的認知及體驗。

⑥⑥迎向衆聲
・八〇年代臺灣文化情境觀察

向　陽　著

本書是作者在八〇年代期間，面對風起雲湧之臺灣文化現象所作的觀察報告。向陽以其詩人之心、論者之眼，透過對文學、藝術、民俗、語言、史料整理及相關著作的解讀與評析，試圖建構一個「文化臺灣」圖式，彰顯八〇年代臺灣文化的形貌。

⑥⑦蛻變中的臺灣經濟

于宗先　著

由於兩岸解凍、經濟自由化、臺幣升值、金融狂飆等問題的激盪，引發了社會失序、政府無力、人民迷惘的混沌現象。身爲此大變局中的一員，本書作者表達了一個知識分子的感受和建言，期待能爲這個蛻變的時期留下記錄，並提供解決的途徑。

⑥⑧從現代到當代

鄭樹森　著

五四運動帶給中國現代文學的影響是巨大而深遠的。作者以此爲出發點，運用他專業的學識及文化素養，對現今兩岸三地的中國文學和作家，作了深刻的研究和評論，並旁及與西方文學的比較，是一本內容豐富的文化評論集。

⑥⑨嚴肅的遊戲
——當代文藝訪談錄

楊錦郁 著

本書共分文學心靈、文學經驗、文學夫妻、電影之美四部分，訪問了白先勇、洛夫、葉維廉等當代著名文學家，暢談創作的心路歷程，是作者從事報導文學多年累積而成的文字結晶，值得您細細品味。

⑦⓪甜鹹酸梅

向明 著

本書是作者在人海中浮沉時所領略體會出的諸般心得和感想：有人間世事的紛擾和關懷，有親情友情的回味和依戀，更有旅途遠行的記憶和心得，反映出生逢亂世一個平凡人的甜鹹酸苦，文字簡鍊流暢，是作者詩筆以外的另一種筆力。

⑦①楓香

黃國彬 著

本書題材寬廣，抒情、詠物、敍事、繪景、寫人、說理、議論，都是作者筆鋒所及。讀者在欣賞雄偉磅礡、豪邁奔放的大散文之餘，亦可以讀到短小精悍、幽默輕鬆的雋篇，且看作者如何描寫人情、物理，挫情趣、理趣於筆端。

⑦②日本深層

齊濤 著

「日本學」是國際間新興起的一門學科，本書特就政治、外交、國防、經貿、社會等多重層面，詳述剖析近年來發生於日本的重要事件。作者體察時勢、觀察敏銳，研讀此書，將有助我們更深一層了解日本的表裏。

⑬美麗的負荷

封德屏　著

本書是作者從事寫作的文字總集。有少女時代所寫，如詩如歌的雋永小品；更有以求眞存眞的態度詳實記錄而成的報導文字，對象涵蓋作家、影劇圈、藝術家等文藝工作者的訪談記錄。值得有心人一起駐足品賞。

⑭現代文明的隱者

周陽山　著

生爲現代人，身處文明世界，又何能自隱於現代文明？本書內容包括散文、報導文學、音樂、影評、書評等，作者中西學養兼富，體驗靈敏，以悲憫之心關懷社會，以詳贍分析品評文藝，是學術研究外，結合專業知識與文學筆調的另一種嘗試。

⑮煙火與噴泉

白　靈　著

本書詳盡的評析了新詩的源起及演變、臺灣詩壇的今與昔，除介紹鄭愁予、葉維廉、羅青等當代名家的詩作及創作理念外，並給予初習新詩者的入門指引，値得想一探新詩領域的您細細研讀。

⑯七十浮跡

・生活體驗與思考

項退結　著

本書是作者一生所思所悟與生活體驗。從青年時米蘭求學，到「哲學之遺忘」的西德八年，再到主持《現代學苑》實踐對文化與思想的關懷，最後從事教學與學術研究的漫長人生歷程。雖是略帶有自傳性質，卻也反映了一個哲學人所代表的時代徵兆。

⑱情繫一環

梁錫華 著

寫作是件動腦動筆的事，使人保持身心熱切，而創造性的熱切是有助健康和留住青春的。本書作者以其悲天憫人的襟懷，寓理於文，冀望讀者會心處，除了青春、健康外，另有所得。

⑲遠山一抹

思果 著

本書是作者近二十年來有關文藝批評、中英文文學、語文、寫作研究的精心之作。作者學貫中西，探究深微，以精純的文字、獨到的見解，寫出篇篇字斟句酌、妙筆生花的佳作，令人百讀不厭。

⑳尋找希望的星空

呂大明 著

在人生的旅途中，處處是絕望的陷阱，但晚星的光芒是黎明的導航員，雨後的彩虹也會在遠方出現，絕望懸接著希望，超越絕望，希望的星空就呈現在眼前，願這本小書帶給您一片希望的星空……

㉑領養一株雲杉

黃文範 著

有人說，散文是作家的身分證，對譯人何嘗不是如此。本書是作者治譯之餘，跑出自囿於譯室門外自遣的心血結晶，涉獵範圍廣泛，文字洗練而富感情，展現作者另一種風貌，帶給讀者一份驚喜。

⑧②浮世情懷

劉安諾 著

本書是作者以其所思、所感、所見、所聞，發而爲文的結集。作者才思敏捷，信手拈來，或詼諧、或雋永，皆屬上乘。在這匆遽忙碌的時代，不妨暫停一下，此書當能博君一粲。

⑧③天涯長青

趙淑俠 著

文藝創作者身處他鄉異國，該如何面對因文化差異所帶來的困擾？本書所描寫的，是作者旅居異域多年的感觸、收穫和挫折。其中亦有生活上的小點滴，時而凝重、時而幽默，清晰的呈現出東西文化的異同風貌，讓讀者享受一場世界文化的大河之旅。

⑧④文學札記

黃國彬 著

作者放眼不同的時空，深入淺出地探討文學的現象、趨勢，以至個別作家的風格，舉凡詩、散文、小說、文學評論等，都能道人所未道，言人所未言，把學問、識見、趣味共冶於一爐，堪稱文學評論集的佳作。

國立中央圖書館出版品預行編目資料

楓香／黃國彬著. --初版. --臺北市：
三民，民83
面；　公分. --(三民叢刊:71)
ISBN 957-14-2085-9 (平裝)

855　　83002890

著作人　黃國彬
發行人　劉振强
著作財產權人　三民書局股份有限公司
印刷所　三民書局股份有限公司
復興店／臺北市復興北路三八六號
重慶店／臺北市重慶南路一段六十一號
郵　撥／〇〇〇九九九八——五號
初　版　中華民國八十三年五月
編　號　S 85258
基本定價　肆元
行政院新聞局登記證局版臺業字第〇二〇〇號

ISBN 957-14-2085-9 (平裝)